TAKE
SHOBO

理不尽に婚約破棄された令嬢は初恋の公爵令息に溺愛される

七福さゆり

Illustration
すがはらりゅう

蜜猫
MitsuNeko

contents

イラスト／すがはらりゅう

理不尽に婚約破棄された令嬢は初恋の公爵令息に溺愛される

第一章　見初められたがために

「なあ、あの子は誰だ？　ほら、ピンク色の髪をした、僕と同じぐらいの年頃のあの子だよ。天使みたいに可愛《かわい》い。あんな可愛い子は初めて見た。僕の将来の妻はあの子しかいない。あの子を僕の妻にする。決めたんだ」

国唯一の公爵家の令嬢であるエステル・カヴァリエは、この世の愛らしいものすべてを集めたような少女だった。

長く伸ばした緩やかなウェーブのストロベリーブロンドの髪、長い睫毛《まつげ》に縁どられた大きな深緑色の瞳、雪のように白い肌、鼻はけして高くないが、そこが愛らしい。頬《ほお》はほんのりと色付き、ぽってりとした唇は薔薇《ばら》のように赤い。

エステルを見た誰もが、彼女の美しさに目を奪われる。

国王と共にカヴァリエ公爵邸を訪れた第二王子ギャツビーも例外ではなかった。エステルはギャツビーに見初められ、七歳の時に彼の婚約者となる。

しかしエステルは、カヴァリエ公爵家の血は入っていない。彼女は元々男爵令嬢だった。夫を亡くしたエステルの母が、公爵位を持つ男性と再婚したことで公爵令嬢になったのだ。

そのため「公爵家の血を引いているのなら文句はないが、王子の妻が男爵令嬢では……」と反対する声がほとんどだった。

しかしギャツビーはエステル以外を妻にするのは考えられないと主張し、彼を溺愛する国王夫妻は周りの反対を跳ねのけ、彼女を正式に王子の婚約者とした。

エステルに知らされたのは、すべてが決まってからのことだった。

屋敷で勉強の休憩時間に庭の花を眺めて過ごしていると、王城に出かけた義父と一緒にギャツビーがやってきて、こう告げた。

「エステル、今日からお前は僕の婚約者だ。お前は将来僕の妻となり、この国の王妃となるんだ。この僕に見初められるなんてすごいことだ。嬉《うれ》しいだろう?」

「え……」

突然のことに混乱していると、ギャツビーが不機嫌そうに眉を顰《ひそ》めた。

「なんだよ。その顔は……僕の妻になれるのに、嬉しくないのかよ」

「わ、私……」

「ギャツビー王子、申し訳ございません。娘は恥ずかしがり屋なのです。嬉しいのに、素直に言えないのですよ」

エステルが困っていると、義父であるカヴァリエ公爵が間に入って話す。

「違……」

私、恥ずかしがり屋なんかじゃないわ。

反論しようとしたエステルを義父が睨《にら》みつけ、彼女は怖くて何も言えなくなってしまう。

その日を境に、エステルの生活は一変した。

「エステル、将来お前はギャツビー王子の妃となるんだ。ギャツビー王子は第二王子だが、将来は国王となるお方だ。そうするとお前は王妃になるのだから、国民たちに認められる素晴らしい人間となるために、努力しなさい」

今までの令嬢教育に加えて、王妃となるための勉強が加わり、エステルには休む間も与えられなかった。

休憩時間に庭を歩いて花を愛《め》でることを楽しみにしていたが、それすらもなくなってしまい、出来が悪いと怒られ、良い成績をとっても褒めてもらえることはなく、もっと上を目指せと言われる。

どうして、私がギャツビー王子の妃にならないといけないの？　どうして私が王妃に？　そんなの嫌！　私、ギャツビー王子の妃になんてなりたくない……！

そう思っても、言うことが許されないと幼くてもわかる。

エステルは、どんどん追い詰められていた。

食事と入浴以外は勉強を強いられたが、爵位の高い令嬢や夫人の開くお茶会には、参加が許された。けれどそれは、義父が選んで許可してもらえたものだけだ。

ギャツビーと婚約して一か月、エステルは初めて義父から許されたお茶会に参加することになった。

男爵令嬢だった時から親しかった、伯爵令嬢のサンドラ・オランが開いたお茶会だ。

招待状にはたくさんの令嬢たちを招くつもりだと書いてあったが、実際にはエステル一人しか来なかった。

それもそのはず。彼女は高飛車で、人を不快にすることばかりを言うので、令嬢たちから嫌われているからだ。

サンドラの父のオラン伯爵は、エステルの本当の父のコティ男爵と騎士学校時代からの親友だった。偶然にも同じ歳の娘が生まれたので、よく会わせるようになり、エステルとサンドラは友人となった。

赤く艶《つや》やかな癖一つない髪、釣り上がった大きな紫色の瞳をした美少女で、常に自信に満ちた笑みを浮かべている。

「久しぶりね。どんくさいエステルが国唯一の公爵令嬢になって、その上、ギャッツビー王子の婚約者になるなんて驚いたわ。でも、本来ならあんたからお茶会に誘うべきでしょう？　わたくしから招待してあげたこと、感謝なさい」

「ええ、ありがとう。サンドラ」

サンドラは確かに嫌われているが、実は悪い子ではない。本当は優しいところもある。今日のお茶会だって、エステルの好きなお菓子ばかり用意してある。

サンドラにも友人がいないが、エステルも彼女以外に友人と呼べる者はいなかった。

公爵令嬢となり、ギャッツビー王子の婚約者になってから近付いてくる者はいたが、男爵令嬢だった時には誰も相手にしてくれなかった。

サンドラにも原因があるように、エステルにも何か友人ができない原因があるのだろう。

「あんたが公爵令嬢なんて、それにギャッツビー王子の婚約者だなんて、似合わないわ。わたくしこそ相応《ふさわ》しいと思わない？　そうでしょう？」

本当にそうだ。サンドラの方が度胸もあるし、勉強は苦手だと言っていたが、ギャッツビー王子の婚約者となれば、彼女なら必死に頑張ることだろう。

「ええ……」

「ギャッツビー王子って、とっても綺麗《きれい》で素敵よね。金髪碧眼《へきがん》、まさに王子様って感じ。それに第二王子だけど、第一王子のノエ様は、お母様のご身分が低いから、王位継承権は正妻の子であるギャッツビー王子の方が高いでしょう？　ってことは、あんたが将来王妃？　そんなの絶対許せないわ。あんたに敬語なんて使いたくないもの」

「ええ……」

身体も心も疲れすぎて、ぼんやりしてしまう。大好きなお菓子も、美味《おい》しい紅茶も、手を伸ばす気になれなかった。

「ちょっと、聞いているの？」

「……あっ……ごめんなさい。なぁに？」

「もう、わたくしの前で上の空なんて許さないわよ。……って、なんだか酷《ひど》く疲れているわね。どうしたって言うのよ。話してみなさい」

サンドラ、心配してくれているのね。

「あのね、お義父様が……」

エステルの瞳からは、涙がこぼれていた。

「何よ。なんだっていうのよ」

「うっ……ひっく……お義父様が……」

「カヴァリエ公爵が何？　泣いていないで、はっきり言いなさいよ」

エステルはしゃくりあげながら、ギャツビー王子と婚約してからのことを話した。

「ふぅん……それって、カヴァリエ公爵は、エステルのことが嫌いなんじゃない？」

「えっ」

心臓が嫌な音を立てた。

お義父様が、私を……嫌い？

「だって、血が繋《つな》がっていないのだもの。連れ子が嫌われるなんてよくある話だわ」

「そ、そうなの？」

「よく考えてみなさいよ。あんたのお母様とカヴァリエ公爵は恋愛結婚でしょう？　昔から惹《ひ》かれていたけれど結ばれなくて、今ようやくっていう流れよね」

「ええ……」

エステルの母と義父であるカヴァリエ公爵は、昔からの知り合いだったそうだ。

お互い惹かれ合ってはいたそうだが、恋愛結婚は珍しい世の中、二人は周りの貴族たちと同様に、両親が決めた相手と結婚した。

二人が再会したのは、義父の妻の葬式だった。

義父の妻とエステルの母に面識があったためだ。そして数年後、エステルの実父が亡くなった。

エステルの母は深い悲しみの中、生家を頼ってエステルを育ててきた……と言っても、ほとんどを自室にこもって過ごし、エステルは祖父母と乳母に任せられていた。

引きこもっているのは心身ともによくないと、母は王城で開催される舞踏会に半ば強引に参加させられ、そこで義父と再会した。

それをきっかけに手紙を送り合うようになり、義父が母の生家を訪ねてくるようになり、やがて、二人で出かけるようになった。

若い頃は惹かれ合っていた二人、仲を深めるのに時間はかからなかった。

「あんたは、自分の好きな女性を奪った夫との間の子なんだし、普通に考えたら、前の夫の面影や思い出を感じて嫉妬するでしょう？　憎まれてもおかしくないいんじゃない？」

「……っ……おかしく……ないの？」

「呆《あき》れた。今まで考えたことなかったの？」

「なかったわ……」

「そういう鈍いところが駄目なのよ。まあ、あんたに好かれる要素なんてないけどね。連れ子じゃなくても、嫌われていたかもしれないわよ。その証拠に、あんたにはわたくし以外の友達がいないでしょう？」

頭をガンと打たれたような衝撃だった。

お義父様に嫌われていたなんて、今まで考えたこともなかった。

でも、そう考えたら、しっくりくる。

お義父様は私のことが嫌いだから、厳しくするのね……。

『エステル、今日から私がお前の父だ。お前とお母様を守り、幸せにすると約束しよう』

再婚した時、そう言って優しく頭を撫《な》でてくれて嬉しかった。

実父が亡くなった後、母はずっと泣いていた。生家に帰った後もずっと泣き暮らし、エステルは心配で仕方がなかった。

エステルも悲しかったが、母が心配で、ずっと泣いてなどいられなかった。

自分が悲しんでいたら、母はもっと悲しみの海に呑《の》み込《こ》まれてしまうだろう。

エステルは立ち直ったふりをして、母を励まし続けてきた。しかし、母は泣いてばかりで、悲しみに落ちていく一方だった。

でも、義父に再会して交流を持つようになってから、母は見る見るうちに元気になっていった。

それがとても嬉しくて、再婚することになったのはもっと嬉しかった。

実父以外の男性と結婚し、実父の他に父ができる。

正直なところ複雑な気持ちはあったが、それ以上に母が幸せになってくれるのがとても嬉しい。

お義父様の傍に居れば、お母様は大丈夫……もう、悲しんだりしない。悲しいことがあったとしても、お義父様が支えてくれる。

母を笑顔にしてくれる義父が好きだった。優しくしてくれるから、自分もきっと好いてもらっているのだと信じて疑わなかった。

でも、なんて考えが足りなかったのだろう。

お義父様は、私のことが嫌い……。

エステルの瞳から、大粒の涙が溢《あふ》れた。

「もう、泣かないの。仕方ないじゃない。嫌いなものは、嫌いなんだから」

「うぅ……ひっく……うぅぅ……っ」

次から次へと溢れた涙が、紅茶のカップの中に落ちる。

「あ～あ……もう、鬱陶《うっとお》しいわねぇ」

「ごめんな……さ……っ……うぅ……」

「せっかくの紅茶とお菓子が台無し！　エステルのせいよ」

なんとか止めようとしても、涙は止められない。でも、どれだけ泣いても、胸の中の苦しさは治まらなかった。

帰宅したとき泣きじゃくったエステルの目はすっかり腫れ、誰が見ても泣いたことがわかるようになっていた。

幸いなことに両親は外出していて不在だったので、気付かれずに済んだ。

義父は「王妃となる者は、人前で感情を露《あら》わにしてはいけない」と言っていたので、見られたらまた怒られ、ますます嫌われるに違いない。母はなぜ泣いたのか心配して、悲しませてしまう。

「お義父様と、お母様には言わないで……お願い……」

エステルは目を冷やしてもらいながら、涙を見られた使用人たち一人一人に懇願した。

その頼みを断る使用人たちはいなかった。皆、エステルが厳しく育てられているのを見て、胸を痛めていたからだ。

「ありがとう。約束よ。……ねえ、お義父様とお母様が帰ってくるまでに治るかしら」

「こうして冷やしていれば、大丈夫ですよ」

「よかった……」

お義父様とお母様が帰ってきたら、笑顔で頑張らなくちゃ……。

義父の期待に応えられなければ、さらに嫌われるかもしれない。そうなれば、母に矛先がいくのではないだろうか。

それで離婚になんてなったら――？

恐ろしい想像が襲ってきて、叫び出したい衝動に駆られる。

お義父様の理想の娘にならなくちゃ……。

エステルが泣いていたことは、使用人から父に伝わっていた。

告げ口をしようとしたわけではなく、エステルに厳しくしすぎだという訴えからだった。

結果、エステルの待遇は改善されるどころか、使用人の前で涙を流したことで酷く怒られた。

抗議した使用人が必死に謝ってきたが、エステルは責める気になんてなれなかった。

雇い主に楯突《たてつ》くなど、解雇されてもおかしくない。自分の身が危なくなるかもしれなかったのに、自分のことを思いやってくれて嬉しかった。

皆に気を使わせてしまった私がいけないのよ。もう、誰の前でも泣かない。

エステルは必死に努力をし、皆の前では笑顔を見せ、夜寝る前、一人になると涙を流していた。

何度も泣いているうちに目を腫らさないように泣くコツを掴《つか》み、周りに気付かれずにやり過ごせるようになっていた。

たった一人を除いて――。

またいつものように泣いていると、部屋の扉を小さくノックされた。

心臓がドキッと跳ね上がる。

誰だろう。

寝ているふりをしようか悩んだが、ランプがついたまま……きっと扉の向こう側にも、明かりが漏れているはずだ。

そっと涙を拭い、鏡の前で深呼吸をする。

大丈夫、泣いていたようには見えないはずよ。

「はい」

小さく返事をすると、入ってきたのは美しい少年だった。

ジェローム・カヴァリエ、義父と前妻との間の子で、エステルの義兄だ。

短く切《き》り揃《そろ》えられた艶やかな黒髪、切れ長の黄金色の瞳、凛々《りり》しい眉、高い鼻、形のいい薄い唇——彼のすべてが完璧で、芸術品のようだった。

毎日見ているのに、ちっとも見慣れない。見るたびに必ず見惚《みと》れてしまう。

「ジェローム様……！」

ジェロームの持っていたトレイには、ティーポットとハニーポットとカップが二客、そしてドライフルーツとナッツで飾り付けられたチョコレートが載っていた。

「入ってもいい？」

「え、ええ、どうぞ……」

ジェロームはテーブルにトレイを置くと、ティーポットからカップに紅茶を注ぐ。部屋中に茶葉のいい香りが広がった。

「お茶？」

「そうだよ。夜更かしさんのエステルと夜のお茶会をしようと思ってね。さあ、おいで。一緒にお茶を飲もう。エステルの好きなチョコレートも持ってきたよ。苺《いちご》とナッツだ。一番好きだろう？」

「ええ、でも、こんな時間にお茶は……」

完璧な見た目でいるため、義父から決められた時間以外の飲食は禁止されている。

紅茶はストレートで飲むように言われているし、お菓子に至っては、お茶会以外の席で食べることは許されていない。

「父上は眠っているから大丈夫だよ。二人だけの秘密だ」

二人だけの秘密――。

甘美な響きに、胸が高鳴るのを感じた。

「さあ、座って」

「はい……」

椅子に座ると、紅茶の入ったカップを差し出された。

「どうぞ。冷めないうちに召し上がれ」

「ありがとうございます……」

「俺には敬語は使わないでいいって言っただろう?」

「あ……っ……う、うん。いただきます」

「あれ? 蜂蜜は垂らさないの?」

「甘い物は控えなさいって、お義父様が……」

「じゃあ、父上の前でだけ控えればいいよ。俺の前では我慢しないで。ほら、たっぷり垂らそう」

エステルの紅茶に、ジェロームが蜂蜜を垂らしてくれた。ティースプーンでかき混ぜると、紅茶と蜂蜜が合わさった大好きな香りが鼻をくすぐる。

「外まで匂ってない?」

「平気だよ。さあ、どうぞ」

「ありがとう」

一口飲むと、蜂蜜の優しい甘さと茶葉の深い渋みが口の中いっぱいに広がった。

美味しい……！

エステルの笑顔を見て、ジェロームも口元を綻ばせた。

「笑顔が見られてよかった」

「私はいつも笑顔よ？」

「俺の前では、誤魔化《ごまか》さなくていいよ」

「……っ」

ジェロームは手を伸ばし、エステルの頬を包み込んだ。

エステルがこっそり泣いていたことを、ジェロームだけは気付いているようだった。

「チョコレートもどうぞ」

ジェロームがチョコレートを抓《つま》み、エステルの小さな口元へ持っていく。

「あ……んむっ」

咄嗟《とっさ》に口を開けると、ジェロームの指ごと口に入れてしまった。

「ふふ、俺の指ごと食べた」

「ご、ごめんなさい」

ジェロームはクスッと笑うと、エステルの唾液とチョコレートがわずかについた自身の指をペロリと舐《な》める。

その様子を見て、エステルの心臓は大きく跳ね上がった。

顔が熱い。

心臓が早鐘を打っていて苦しい。ジェロームの綺麗な目を真《ま》っ直《す》ぐに見ることができない。

舐めた指先も——。

「このチョコレート、美味しいね」

「そ、そうね」

ドキドキしすぎて、味なんてわからなかった。

エステルは義父のことを「お義父様」と呼ぶ。だが、ジェロームのことは「お義兄様」とは呼べなかった。

それはエステルが、彼に恋心を抱いていたからだった。

義父は厳しかったし、母は義父に対して何も言えなかったが、ジェロームは違った。いつもエステルのことを気にかけてくれて、温かな優しさをくれる。

しかもそれだけではない。エステルに厳しくし過ぎだと食って掛かっていくのだ。

そのたびにジェロームは叩《たた》かれ、父親に歯向かった罰だと、食事抜きで地下室に閉じ込められていた。

一度だけではなく、何度も、何度も——。

優しくて、真っ直ぐで、自分の信じた物を決して曲げない美しいジェロームが大好きだった。

ギャッビーとの婚約は、元々よく思っていなかった。

最初はよくわからなくて、戸惑いが生まれた。

時間が経《た》つにつれて、自分の知らないところで自分の未来が決められたことは恐怖でしかなかったし、彼は高慢で、エステルが自分の希望通りの言動をしなければ不機嫌になるので、嫌悪感が生まれた。

そしてジェロームに恋をしたことで、どうしようもなく嫌で堪《たま》らなくなった。

私、ギャッビー王子が嫌い……ギャッビー王子とは結婚したくない。

でも、王子を相手に、そんなことを口にするのは許されないと、幼いエステルでも知っていた。

成人したら、ギャッビー王子と結婚する――。

そう考えると、心が重く沈んでいく。

記憶喪失になれたらいいのに……と、何度思ったことだろう。

「このチョコレートはエステルのものだから、全部食べていいんだよ」

「ジェローム様も食べて」

「俺はいつでも食べられるから気にしなくていいんだよ」

「でも、一緒に食べた方が美味しく感じるし、嬉しいわ」

「ふふ、そっか。じゃあ、エステルが食べさせて」

「えっ！」

「エステルが食べさせてくれないと、食べられないんだ」

「そ、そんな……」

エステルは狼狽《ろうばい》したが、どうしてもチョコレートを食べてほしかったので、思いきって一粒抓み、ジェロームの口元へ持っていく。

「……っ……はい、どうぞ……」

「ありがとう」

ジェロームが口を開くと、綺麗に並んだ白い歯が見えた。

歯がチョコレートに食い込み、形のいい唇が閉じる。その様子は、なぜか見てはいけないものを見ている気分になる。

「うん、美味しいよ。自分で食べるよりも、エステルが食べさせてくれた方が、うんと美味しく感じる」

「……っ」

心臓がバクバク脈打って、頭がカーッと熱くなる。

なんて言ったらいいかわからずに、エステルは紅茶を飲むことで誤魔化した。

ふと、ジェロームの頬に傷が付いていることに気付く。

「あ……っ」

「ん？　どうかした？」

それはエステルを庇《かば》い、義父に殴られた時に付いた傷だった。

「頬の傷……ごめんなさい。私のせいで、ジェローム様が怪我《けが》を……」

「こんなのかすり傷だよ」

「もう、私を庇ったりしないで。ジェローム様がお義父様に怒られるの、嫌なの……どんなことよりも嫌なの……だから、お願い……」

人前では決して泣かないと決めたのに、涙が出てくる。ジェロームは柔らかく微笑《ほほえ》み、エステルの頭をそっと撫でた。

「大丈夫だよ」

「大丈夫じゃないわ……」

「俺がそうしたくてしているんだ。だから止めないで」

優しい手付きが、心地よくて、とても温かい。

ジェローム様、大好き……。

ギャツビーと結婚する日なんて、一生来なければいいのに。

今、この瞬間、時間が止まればいいのに――。

しかし、現実は無情だった。

「え……お義父様、今、な、なんて……?」

「ジェロームは、王立騎士学校へ入学させることにした。今後一切屋敷への立ち入りと、お前に関わることを禁止する。手紙のやり取りも禁止だ」

「どうして……!? どうしてそんなことを仰《おっしゃ》るの!?」

貴族令息が王立騎士学校へ入学することは珍しくない。しかし、それは長男以外だ。

長男は家督を継ぐために自邸で学び、家督を継ぐ必要がない兄弟たちが入学し、将来騎士の道を目指すことが一般的だった。

それに長期休暇があれば、皆自邸に帰ってくる。それなのにどうしてそんなことを言うのか、理解できなかった。

「ギャツビー王子のご命令だ」

「ギャツビー王子が、ジェローム様に何の関係があると言うのですか……!?」

「先日、こちらにいらっしゃった時、お前たちが仲睦《なかむつ》まじく過ごしているのを見て不愉快だったそうだ」

「不愉快……ってどうして……」

「嫉妬されたのだろう。王子のご命令とあれば、逆らえない」

私のせいで、ジェローム様が追い出される。自邸に帰って来ることもできなくなるなんて酷いわ！

ここは本来、血の繋がりがないエステルがいる場所ではない。ジェロームの居場所だ。彼が追い出されるなんておかしい。

「私がギャツビー王子に謝ります！　ですから……っ」

「駄目だ。ご不興を買っては、大変なことになる。お前は何もするんじゃない」

「でも……っ」

「王家に逆らってはいけない。何度も教えただろう。お前が余計なことを言うせいで、ジェロームが窮地に追い込まれることになるかもしれない」

「……っ！」

「嫌だと思うのなら、何もしないことだ。いいな？」

「…………はい」

何もできない。何の力もないのがもどかしい。

エステルは屋敷の人間が寝静まるまで待ち、ジェロームの部屋を訪ねた。

「エステル？　どうしたの？」

ジェロームも起きていたようで、笑顔でエステルを出迎えてくれた。エステルのせいで酷い目に遭わされているのに、彼はいつも通りだった。

「ジェローム様、私のせいでごめんなさい……ごめんなさい……謝っても許してもらえないってわかっているわ。でも、ごめんなさい……っ」

「エステルは悪くないよ。泣かないで。俺は大丈夫だよ。それよりも、エステルのことが心配だ」

エステルのせいで酷い目にあっているのに、優しいジェロームは少しも怒ってなどいなかった。

それどころか、エステルのことを心配している。

ジェローム様は、優しすぎるわ……。

エステルはますます涙が止まらなくなる。

「傍に居てあげられなくてごめんね。離れていても、エステルを想《おも》っているよ。悲しい時は、どうか俺のことを思い出して」

「ええ……思い出すわ。ずっと忘れることなんてないわ。私もジェローム様をずっと想ってる……」

「離れていても、心は一緒だ」

ジェロームはエステルを強く抱きしめた。

離れたくない。傍に居てほしい。どこにも行かないで。私のせいで。どうしてこんな……。

どうして私はギャツビー王子の婚約者なの？

色んな気持ちが押し寄せてきて、頭の中がグチャグチャになる。


数日後、ジェロームは騎士学校へ旅立つことになった。

人前では泣いてはいけないと言われているが、エステルはどうしても涙を我慢することができなかった。

「ジェローム様……うぅ……」

いつもはエステルが涙を流すと怒る義父だったが、今日ばかりは何も言わずに見逃してくれていた。

目が腫れないように泣くなんて配慮はできず、エステルの目は真っ赤に腫れている。

「エステル、そんなに泣かないで。ジェロームが心配するでしょう？」

「でも、止まらない……私のせいで、ジェローム様が……ひっく……ジェローム様……」

「あなたのせいじゃないわ。……それよりも、エステルは、どうしてジェロームのことを『お義兄様』って呼んであげないの？　ジェレミー様のことは、『お義父様』って呼ぶのに……」

「えっ」

　自分の気持ちを知られてしまったかと思い、エステルは身体を引《ひ》き攣《つ》らせる。

「気恥ずかしいのかしら。年齢も近いし、無理もないわね」

　恋心に気付かれていないことに安堵《あんど》し、エステルはホッと胸を押さえた。

「でも、家族なのだから、『お義兄様』って言ってあげなさい。きっと喜ぶわ」

「え……」

　呼びたくない……。

「今のままでは、他人行儀で寂しいんじゃないかしら。ギャツビー王子がお許しになるとは思えないから、しばらく会えないでしょうし……ね？　ジェロームを喜ばせてあげましょう？」

　今まで考えたこともなかったけれど、ジェロームは寂しく思っていたのだろうか。

　エステルはジェロームに恋心を持っているから『お義兄様』と呼びたくない。でも、ジェロームは妹としか思っていないだろう。

　もしエステルが、ジェロームの立場だったら？

　血の繋がりはなくとも妹だと思っている子に、いつまでも兄と呼んでもらえないのは悲しくて、寂しいことなのではないだろうか。

今さら気付くなんて……！　私は、なんて酷いことをしてしまったの……⁉

好きだから、兄と呼びたくない。でも、ジェロームを悲しませるのは嫌だ。

エステルがグルグル考えているうちに、とうとう出発の時間が来てしまった。ああ、一生来てほしくなかったのに……。

「ジェローム、しっかりな。お前なら素晴らしい成績を収めることができるだろう」

「……はい、父上、最後に一つ言っておきたいことが……」

「なんだ？」

「エステルに厳しくしないでください。どうか、お願いです」

「エステルのためだ」

馬車の前で、義父とジェロームが何かを話している。

「ジェローム、身体に気を付けてね」

「はい、義母上も。寒くなってきましたから、どうかお身体に気を付けてください」

「ええ、ありがとう。さあ、エステルも挨拶なさい」

「……っ」

お義兄様って、呼ばなくちゃ……。

「エステル、傍に居てあげられなくてごめんね。この前の約束は覚えている？」

約束――それは、離れていても、心は一緒だと忘れないということ。

「ええ、もちろんよ……」

両親は約束の内容など知らないが、それを問う真似《まね》はしなかった。二人から少し離れ、そっと見守っている。

「悲しい時、辛い時、そのことを思い出して。エステルは一人じゃないからね」

「ええ……」

屋敷を離れて騎士学校に入れられ、帰ってくることを許されないジェロームは、さぞ不安だろう。それなのに彼は、出発間際になってもこうしてエステルを気にかけている。

優しい人……私はあなたが、大好き……世界で一番大好き。

決してこの気持ちは口にできないけれど、淡い恋心はエステルの中で深紅の愛に変わっていた。

だからこそ兄と口にするのは抵抗があったが、彼が悲しむぐらいなら自分の気持ちなんていくらでも我慢できる。

さあ、エステル、言うのよ……！

「……っ……いってらっしゃいませ……お、お義兄様」

おにいさま――たった五文字を口にしただけなのに、胸が苦しくて、張り裂けそうだった。

ジェロームを喜ばせたくて言ってみたけれど、彼の反応はエステルの思ったものと違った。

え……？

ジェロームの表情は、大切にしていた何かを、目の前で壊されたような顔をしていた。

どうして、そんなお顔をするの？

「エステル、ごめん。俺のことを『お義兄様』って呼ばないで」

「え……」

どうして……？

「ジェローム、そろそろ時間だ。気を付けて」

「はい」

ジェロームはエステルの頭にポンと手を置き、馬車に乗った。

エステルは呆然《ぼうぜん》とし、小さくなっていく馬車を見送る。母が肩を抱いたことで、ハッと我に返る。

「あ……」

「打ち解けるには、まだ少し早かったみたいね。もうなかなか会えないだろうからって、先走ってしまったわ。エステル、ごめんなさい」

そこでようやく、エステルはジェロームから拒絶されたのだと気付いた。

私、本当はジェローム様に、嫌われていたんだわ……。

無理もない。エステルのせいで父親と揉《も》めたり、家から追い出されたりしたのだから。

とても悲しくて、自分を婚約者にと選んだギャッビーを恨んだりもした。それでも現実を受け入れなくてはいけない。

悲しい時は、ジェロームのことを思い出して乗り切った。

ジェロームに嫌われたという別の悲しみが襲ってきたけれど、それでも彼の与えてくれた優しさや思いやりは、エステルを励ましてくれる。

そうしているうちに、付き合いのない令嬢から手紙が届いた。

また、送られてきたのね。

将来の王妃ということもあり、特に親しくない令嬢たちから手紙を送られてくることは珍しくなかった。

目的はもちろん、将来の王妃と縁を作るためだ。彼女たちは自分の意思で送ってきているわけではない。父親たちの命令でそうしている。

内容も厳重に確かめられていることが伝わってくるものだ。心がこもっていない義務的な手紙は、目が滑る。

あまりにもそんな手紙が多いので、エステルは辟易《へきえき》としていた。

私の友達は、サンドラだけ。私がただの男爵令嬢なら、誰も相手にしてくれないのに……。今度はポリーヌ様……手紙を送ってくるのは初めての方ね。アルエ伯爵家のご長女だわ。ご挨拶もしたことはなかったはず。

ポリーヌも、次期王妃としてのエステルに近寄ろうとしているのだろう。

嫌になるわ……。

「……えっ」

手紙を開封して中身を見ると、そこにはエステルの知っている字で書かれていた。

『エステルへ

久しぶりだね。元気にしている？　ジェロームだよ。

俺の名前だと手紙を送ることができないから、騎士学校で新しくできた友達の妹の名前を借りて、手紙を送ることにした。驚いたかな？　驚いたエステルの顔が見たかったな。

離れて暮らすようになってから、三か月が経ったね。元気にしているかな？　とても寒い日が続いているけれど、風邪を引いていないかな？　一人で泣いてない？　ギャッビー王子に不愉快なことを言われたりしていないかな。父上に厳しくされていないかな。心配で仕方がないのに、何もできない自分がもどかしいよ。

俺はこちらの生活も大分慣れました。こうして妹の名前を借りられるように、頼める友達もできたし、問題なく過ごせているから心配しないで。

もしよかったら、返事をくれたら嬉しいな。この子に送ってくれたら、俺の手に届くようになっているから。

エステルが今思っていること、楽しかったこと、悲しいこと、なんでもいいから教えてほしいな。それじゃあ、また書くから。

離れていても、心はいつも一緒だ。忘れないで。

ジェローム』

こんな形で手紙を送ってきてくれるなんて……！

嫌われているわけじゃなかったのだろうか。

いや、ジェロームはとても優しい。嫌っていても、義理の妹を放っておけないだけ。これがエステルじゃなく、他の子でも同じことをするはずだ。

でも、嬉しい。飛び上がりたくなるぐらいに……！

「ジェローム様……ジェローム様……」

エステルは手紙をギュッと抱きしめ、涙を流した。

こうしてエステルとジェロームは、彼の友人の妹の協力で、手紙のやり取りをすることができた。

「ポリーヌ様、お会いしたかった！　協力してくださって、本当にありがとうございます」

「とんでもございませんわ。私も兄が大好きなので、会うことができないお気持ち、とてもわかります。他にもできることがあれば、遠慮なく仰ってくださいね」

これがキッカケとなり、ポリーヌと友人関係を築くことができた。彼女はとてもおおらかでエステルの気質とあい、とても仲良くなれた。

でも、エステルが兄妹以上の感情を持っているというのは、いくら仲良くなったとしても話せなかった。

「はあ？　新しい友人？　どうせあんたの中身じゃなくて、立場が目当てなんでしょう。あんたが男爵令嬢のままだったら、相手になんてされないわ。計算高い女ね」

「ポリーヌ様は、そんな人じゃないわ。酷いことを言わないで」

「はあ……あんたはそういうことに鈍いものね」

ポリーヌを通じてジェロームとやり取りしていることが知られたら、彼女にも迷惑がかかる。

サンドラのことは信用しているが、もしこのことがばれてしまった場合、迷惑をかけかねないので内緒にすることにした。

昔は何でも話せたのに、だんだん秘密が増えていくわ。

ジェロームが好きだということも、言えなかった。

誰かに話してしまいたい。相談ではなく、ただ話を聞いてほしい。

そんな衝動に駆られることもあったが、口に出したらこの気持ちを断ち切らないといけないような気がして、誰にも言わず心に秘めた。


そうして、数年が経ち――。

エステルは十八歳になった。彼女は誰もが振り返るような美しい女性に成長した。豊かな胸に、折れそうなほど細い腰は、彼女の美貌をより引き立てていた。

ギャツビーの婚約者になったばかりの時は、見目麗しくても次期王妃の器ではないと陰口を叩かれたものだが、今では彼女を悪く言う者は誰もいない。

エステルの努力は実を結び、今では同じ年頃の令嬢で、エステルより美しく、優れた者はいなかった。

数年前から教会で慈善活動を始めたため、平民からの人気も高い。

人気取りのために始めたわけではなく、自身も実父を亡くして辛い思いをした経験があるので、幼くして親を亡くした子供たちの力になりたいと純粋に思っての行動だったが、サンドラは信じてくれなかった。

周りにもそう思われているのかと考えたら悲しくなるが、気にするのはやめた。成長したエステルの心は、何度も傷付き、悩み、それでも立ち上がることを続けていた結果、子供の頃よりも強くなっていた。

「エステル、今日のあなた、とても素敵よ」

「お母様、ありがとう。新しく仕立ててくれたドレスがとても素晴らしいからだわ」

ルピナス国では男女ともに十八歳で成人となり、結婚が許される。ギャッツビーは来月十八歳になるので、彼の生誕祭の後に結婚式が行われることになっていた。

準備に追われる最中、エステルは両親と共に急遽《きゅうきょ》王城に呼び出された。

「それにしても、何のご用なのかしらね。王城からの使者はとにかく来てほしいとしか言わなかったけれど」

「きっと、結婚式で急に決めたいことがあるのだろう」

結婚したくない……。

年頃になるにつれて、ギャッツビーは二人きりになると、唇や身体を求めてくるようになった。

ルピナス国では婚姻前の身体の触れ合いや交わりは、表向きには禁止されている。そのことを盾にして避けてきたが、結婚すれば逃れられない。

私はジェローム様が、好き……。

ギャツビーはジェロームが屋敷に戻ることも、エステルとのやり取りも許さずにいたが、ジェロームは定期的にポリーヌの名を使って手紙を送ってくれていた。

何年会えなくても、エステルの気持ちは変わらない。むしろますます深まっていた。

ジェロームは騎士学校を首席で卒業し、現在は王立騎士団に入り、最年少で騎士団長を務めているそうだ。

ジェローム様、会いたい……。

王城へ向かう時は、いつもジェロームの姿を一目でも見ることができないか期待してしまう。

でも、未《いま》だに姿を見ることができたことは一度もない。

「そのドレス、ギャツビー王子もきっと気に入ってくださるはずよ」

「………ええ、そうね」

エステルはそっと微笑み、俯《うつむ》いた。

「もうすぐ王城だ。エステル、しっかりな」

「……はい、お義父様」

どうしたら、ギャツビーと結婚せずに済むか——最近はそんなことばかり考えていて、油断するとため息がこぼれてしまう。

王城に到着し、エステルは両親と共に謁見の間へ向かう。重厚な扉の向こうには国王、王妃、ギャツビー、そしてなぜかサンドラの姿があった。

「え……?」

「エステル、ごきげんよう」

しかもギャツビーは、サンドラの腰を抱いている。

一体、どういうこと?

「カヴァリエ公爵、もう結婚式の話が進んでいるというのにすまないな。ギャツビーがどうしても、サンドラと結婚したいというんだ」

「…………な……陛下、それはどういうことで……」

義父が尋ねると、ギャツビーがサンドラの腰を抱いたまま前に出た。

「わざわざ聞かなくともわかるだろう。エステルとは婚約破棄し、サンドラと結婚するということだ」

サンドラと、ギャツビー王子が結婚……⁉

エステルと彼女の両親が呆然としていると、サンドラが赤い唇を吊《つ》り上げた。

「なぜですか⁉　エステルはギャツビー王子の妻となるため、今日まで頑張ってきました……！　それなのに、どうして……！　エステルの何が気に食わないと、仰るのですか！」

「あなた……！」

義父が声を荒げて身を乗り出すので、母がそれを止めた。

「エステルの気に食わないところを言えばいいのか？　まずは僕を褒めないこと。こんなに素晴らしい男を目の前にして、褒め言葉の一つも言えないなんて将来の妻失格だろう。まあ、完璧な僕に嫉妬する気持ちはわかるけれど、それにしてもな。それに比べてサンドラはたくさん褒めてくれるぞ。エステルの親友だっていうから期待してなかったが、サンドラはエステルと違って素晴らしい女だ」

「ふふ、ギャツビー王子、ありがとうございます」

サンドラはにっこりと微笑み、ギャツビーにしなだれかかった。

「エステルは呆れるほどに固すぎる。柔軟性がない女は、これからのルピナス国王妃に相応しくない」

「固すぎる……というのは、どういう意味でしょう」

「具体的に言った方がいいか？　そなたの娘は、婚約者である僕に口付けすら許さない固い女なんだよ」

両親の前で、そんな話をしないでほしい。エステルは顔を赤くして、俯いた。

「当たり前ではないですか！　婚姻前ですよ⁉」

「それは普通の人間の話だろう。僕は次期国王だぞ。次期国王が望むのなら、全てを捧《ささ》げるのが当然だろう。臨機応変にできない女に王妃が務まるか？　けれど、サンドラは僕のすべてを受け入れてくれたんだ」

それって、つまり、ギャツビー王子とサンドラが？

「やだ、ギャツビー王子、恥ずかしいですわ」

「はは、すまない。ついな。……それにエステル、お前は長年親友のサンドラを苛《いじ》めてきたんだろう？　サンドラから聞いているぞ。最低だな」

「え……⁉　私、そんなことしていません……！」

何も言えずにいたエステルが、ようやく口を開いた。

サンドラは小さい頃からの親友だ。

それについ一週間前もサンドラが屋敷に遊びに来てくれたので、いつものように楽しい時間を過ごした。神に誓って、苛めてなどいない。

「サンドラ、そうでしょう⁉　誰がそんなことを言って……」

するとサンドラは、涙を浮かべてギャツビーの後ろに隠れた。

ああ、言ったのは、サンドラなのね。

エステルは膝から崩れ落ちそうになる。

「お前の言うことなど信じられるか。とにかく、だ。僕はお前と結婚などしない。僕はサンドラと結婚する。エステル、お前とは婚約解消だ」

「許してくれるな？　カヴァリエ公爵」

国王に尋ねられ、義父は頷《うなず》くしかなかった。国王には逆らえない。

エステルは倒れそうになり、母に支えられながらその場を後にした。

◆◇◆

王城に呼び出された日の夜、ギャツビーからエステルに手紙が送られてきた。

謝罪が書いてあるのかと思えば、『お前がどうしてもと言うのなら、愛妾《あいしょう》にならしてやってもいい』という内容だ。

しかも、自分がしたい夜の行為がズラズラと並べられている。その中にはおぞましい行為もあって、エステルは吐き気に襲われる。

「……っ」

気持ち悪い……。

口元を押さえて固まっていると、長い間母と話し合いを重ねていた義父がやってきた。

「エステル、どうした？」

「あ……」

「手紙？　誰からだ？」

「ギャツビー王子からです……」

「……貸しなさい」

「でも……」

「いいから、貸しなさい」

酷い内容なので渡すのを躊躇《ためら》っていると、義父が強引に奪い取っていく。

「あっ」

義父の顔色が見る見るうちに赤くなり、こめかみには血管が浮き出ている。手はわなわなと震えていた。

「な、な、なんだ、これは……！」

義父は手紙をビリビリに破くと、暖炉に投げ入れた。パチパチと音を立てて灰になっていく手紙を睨みつけ、真っ赤な顔で怒鳴り声をあげる。

「ふざけるな！　お前のせいで……お前のせいでエステルは……っ！　……うっ……」

「お義父様……！　お義父様、大丈夫ですか⁉」

義父は心臓を押さえ、その場に膝を突いた。その声を聞いて、母と使用人たちが駆け付ける。

「旦那様！」

「あなた……⁉　あなた、しっかりして！　すぐにお医者様を呼んでちょうだい！」

「はい！」

ギャッビーの一件で受けた心労で、義父は元々の持病だった心臓病をこじらせてしまった。

義父が寝込んでいる間、エステルとギャッビーが婚約破棄し、サンドラと婚約を結んだという話が国内に広がった。

皆、エステルに同情していたが、ギャッビーが嫌で仕方がなかったエステルにとっては、これは決して悪い話ではなかった。むしろ嬉しいことだった。

左手の薬指にはめていた指輪がなくなった今、とてもすっきりしている。視界に入るたびにギャッビーのことを思い出すので、ずっと外したかったのだ。

唯一悲しいのは、サンドラのこと……。

『エステル、お前は長年親友のサンドラを苛めてきたんだろう？　サンドラから聞いているぞ。最低だな』

サンドラが、そんなことを言っていたなんて……。

自分が気付かなかっただけで、サンドラが不快になるような言動をしていたのだろうか。

自室で一人俯いて考える。

過去の思い出をグルグル考えているエステルを現実に呼び戻したのは、侍女のラウラが扉をノックする音だった。

「どうしたの？」

ラウラの顔が暗い。

まさか、お義父様のご容体が、急変したんじゃ……！

「ラウラ、お義父様がどうかしたの……⁉」

「えっ⁉　あ、いえ、違います。旦那様のことではなく、お嬢様、あの……サンドラ様がいらっしゃっています。お会い致しますか？」

「えっ」

サンドラが……⁉

「……っ……ええ、会うわ。通してちょうだい」

「かしこまりました……」

直接会って、確かめたい。聞くのは怖いけれど、彼女が自分のどんな言動で傷付いたのか知りたいし、謝りたい。

「エステル、この間ぶりね」

サンドラは、いつも通りエステルの部屋に入って来た。まるであの一件などなかったように。

「サンドラ……」

「入れてくれるなんて思わなかったわ。まあ、次期王妃の権限を使って、無理矢理会うつもりだったけどね」

「あの……」

喉に石でも詰められたみたいに、上手《うま》く話せない。

エステル、勇気を出すのよ。このまま聞かなければ、一生後悔するわ。

「今、どんな気分?」

「え?」

「わたくしにすべてを奪われた気分は、どんな気分なのか聞いているのよ」

「サ、サンドラ……?」

「ずっとあんたのことが気に食わなかったのよ。あんたのような見た目ぐらいしか取り柄のない女が、公爵令嬢?　ギャッツビー王子の婚約者で次期王妃?　そんなのありえないもの。まあ、見た目もわたくしには劣るけどね」

気に食わなかった……。

サンドラはエステルのことをよく「気に食わない」と言っていた。

エステルはそれを冗談と取っていたのだが、今この瞬間の空気で、彼女が本気で言っていたのだとようやく気付く。

そんな……。

「サンドラ……私、あなたを悲しませるようなことを言った？」

「質問に答えず、別の質問をしてこないでよね。一体、なんのこと？」

「この間、婚約破棄された時、ギャッビー王子が言っていたでしょう？　私がサンドラを苛めていたって……」

するとサンドラは、あはは！　と声を上げ、お腹《なか》を押さえて笑った。

「何？　もしかして、あんたずっとそのことを気にしていたの？」

「ええ……」

エステルが頷くと、サンドラはまた笑う。あまりにも笑いすぎて、その眦《まなじり》には、涙がにじんでいた。

「……っ……どうして笑うの？」

「だって、面白いんですもの。あんたごときにわたくしが苛められるはずがないでしょう。馬鹿ね」

「じゃあ、どうして……」

「わからないの？　あんたって、本当に鈍い女ね。……ギャッツビー王子の同情を買うために吐いた嘘《うそ》に決まっているでしょう」

「え……」

呆然としているエステルを見て、サンドラは満足気に笑う。

「ずーっと、あんたからギャッツビー王子を盗《と》ってやろうと思っていたのよ。だから裏で色々動いていたってわけ。いじめの嘘は、その一環。なーんにも気付かなかったなんて、馬鹿よね。でも、あんたらしいわ」

「サンドラ、ギャッツビー王子のことが、好きだったの？」

「ええ、好きよ。ギャッツビー王子じゃなくて、ギャッツビー王子の持っている地位と名誉がね。あの人がただの平民だったら、なんの価値もないわ。それを見下していたあんたが手に入れるなんて許せない」

「サンドラ……」

見下されていたなんて思わなかった。

「何よ」

「……っ……私たち、親友ではなかったの？」

サンドラはプッと吹き出し、今日一番の大きな声で笑った。

「誰があんたなんかと！　わたくしは、あんたのことがずっと大嫌いだったのよ」

胸がズキッと痛み、苦しくて息が出来なくなる。

「じゃ、じゃあ、どうして私と頻繁に会ってくれていたの⁉　こんなに長い間、ずっと……」

「あんたが不幸になるのを一番近くで見ていたかったからよ。それなのに、あんたは何の苦労もなく公爵令嬢になって、ギャッツビー王子の婚約者の座に収まるんだもの。腸が煮えくり返りそうだったわ」

何の苦労もなく――サンドラには、実父が亡くなり、母が悲しんでいて辛かったこと。ギャッツビー王子の婚約者になってからの厳しい教育の話を聞いてもらっていた。それは紛《まぎ》れもなくエステルのしてきた苦労だ。

それに婚約者の件に関しては、望んでなったものじゃない。そんな言い方をされるのは納得がいかない。

「でも、あんたは全部失った。公爵令嬢って言っても、ギャッツビー王子に婚約破棄された令嬢に、良い縁談なんてくるはずがない。来るとしたら……そうね。年老いた貴族の後妻か妾《めかけ》ってところかしら！　ふふっ！　あはっ！　あははっ！　なんて愉快なのかしら！　最高！」

サンドラは楽しそうに笑うと、傷付いて呆然とするエステルの顔をまじまじと眺める。

「はあ……いい顔ね。満足したから、帰ることにするわ。早くもっと落ちぶれてね。エステル」

悪夢でも見ているのかしら……。

サンドラが帰った後も、エステルはその場から動けずにいた。しばらくすると涙が溢れ、止まらなくなった。

泣きつかれてベッドで眠っていると、髪を撫でられる感触がした。

誰？　ああ、これは夢なんだわ。だって、私を撫でてくれるなんて、ギャッツビー王子の婚約者に選ばれてからは、ジェローム様しかいなかったもの。

でも、ジェローム様は、もういない。

ジェローム様に会いたい――。

私がこんなことになってしまったこと、ジェローム様にも伝わっているのかしら。……伝わらないわけがないわよね。また、心配をかけてしまっているわ。

「奥様、サンドラ様がお嬢様に……」

ラウラの声が遠くから聞こえる。

私の話……？　何を話しているのかしら。よく、聞こえないわ。

「サンドラさんがそんなことを……正直、サンドラさんには、元々良い感情は持っていなかったの。エステルに対して高慢な振る舞いをするし、周りの評判も悪かったし……でも、エステルは気にしていないようだったし、素敵な友人関係を築けていると思っていたから、何も口出しをしなかったのよ。それなのに……ああ、こんなことになるなら、もっと前に会うのを禁止しておくべきだったわ」

「奥様……」

お母様……？　私を撫でているのは、お母様？

そんなはずはない。ギャツビーの婚約者になる前はよく撫でてくれていたけれど、婚約者になってからは一度もない。

「今さらそんなことを考えても遅いかもしれないけど……これでは、エステルがあまりにも可哀相《かわいそう》だわ……」

母の声は震えていた。

泣いているの……？

扉が開く音が聞こえる。

「エステルは、眠っているのか……？」

「あなた……！　起きて大丈夫なの？」

お義父様の声だわ……。

「ああ、心配をかけたな。エステルは？」

「泣き疲れて眠っているわ。さっきサンドラさんが来て……」

母は先ほどラウラから聞いたことを義父に伝える。すると義父は激昂《げっこう》し「なんだと……!?」と大きな声を上げた。

「シッ！　エステルが起きてしまうわ」

「あ、ああ、すまない……起きてしまったか？」

「……大丈夫そうよ」

「よかった……腹が立ちすぎて、ついな……」

母とは違う手が、エステルの頭を撫でた。義父の吸っている煙草《たばこ》の香りが、ほんのりと鼻腔《びこう》をくすぐった。

ああ……お義父様が、私を撫でてくれている。

「この子をこうして撫でてやるのは、何年ぶりだろう……本当はたっぷり甘やかして育てたかった」

「あなた……」

「甘やかしたかった……甘やかして、幸せに……何の苦労もさせず、ただ幸せに……」

義父の声が震え、鼻をすする音が聞こえる。

お義父様も、泣いている？

「あなた、泣かないで……」

「ああ……すまない。男が泣くなんて情けないな。だが……あまりにもエステルが可哀相で……あの忌々しい王子め……！　あの王子が我儘《わがまま》を言わなければ、エステルは不幸な目に遭わなかった……だが、これでよかったのかもしれん。ギャッツビー王子は……恐らく、国王にはなれないだろう」

「どういうこと？」

「兄のノエ王子は、先に生まれているが、ご生母の身分で王位継承権は第二位だ。不遇な目に遭わされてきたが、とても真っ直ぐに、明るく、他人を慈《いつく》しんでお育ちになった」

「ええ、そうね。私のところにも聞こえてくるぐらいの人格者だわ」

「王宮で暮らしていた頃は、ギャッツビー王子を脅かす種とならないようにと、王妃が手を回して、ノエ王子にまともな教育をしてこなかったが、騎士学校に入ってからは、ジェロームに次いで優秀な成績を残している。その頃からすでに、まともに勉強をしないギャッツビー王子よりも、ノエ王子が次期国王になるべきだという声が上がっていたが、ノエ王子が騎士団の副団長となり、次々と成果をあげている一方、ギャッツビー王子が我儘放題で暮らしているのを見て、その声はますます高まっていたんだ」

「まあ……」

「だから、ギャツビー王子の妻となるエステルが心配だったが、これでその心配もなくなった。……恐らくエステルを捨て、あの忌々しい小娘を婚約者にしたことで、さらに反感を買うだろうな」

「早く失脚してしまえばいいんだわ。私の娘をこんなに苦しめて……許せない」

頭にかかっていた靄《もや》が、だんだんと晴れてくる。

これって、本当に夢なの？

目を開けると、両親が濡《ぬ》れた目を見開いた。

「……っ……エステル……」

「起こしちゃったかしら。ごめんなさいね」

義父はサッと背を向け、慌てた様子で涙を拭う。母も急いで涙を拭うと、気まずそうに笑みを浮かべた。

誤魔化されるわけがなかった。

これは、現実だわ……。

「お義父様、お母様、どうして泣いていらっしゃるの？」

二人が口を噤《つぐ》む。

「どうして、私の頭を撫でてくださったの？　夢かと思ったけれど、夢じゃないわ」

質問の答えが返ってこないうちに、エステルはさらなる質問をする。

「わ……私のことが、お嫌いなんじゃ……」

すると義父が振り返った。その目は今しがた拭ったばかりにも関わらず、涙で濡れていた。

「嫌いなわけがあるか……！」

「お義父様……？」

義父が声を荒げるので、エステルは驚いてビクリと身体を震わせた。

「あ……す、すまない。大きな声を出してしまったな」

「い、いえ……あの……」

「エステル、すまなかった……今までお前に厳しくしてきたのは、ギャッビー王子の妃となり、将来の王妃になった時に、お前が辛い思いをしないようにと思ってのことだった」

「私が辛い思いをしないため……？　どういうことですか？」

「ああ、お前の現在は公爵令嬢だが、元は男爵令嬢だ。人の価値は爵位などでは決して測れないが、多くの貴族は階級を重んじる。国王夫妻に認められてもそれは変わらない。婚約者になった時点でも、元男爵令嬢なのにと散々言われたのは覚えているだろう？」

「ええ……」

面と向かって言われたことはないが、陰で言われてる現場に何度も出くわしたこともあるし、サンドラからもそう言われていたと報告されたことは数えきれないほどある。

「王子妃になっても、元男爵令嬢であったことは、陰で絶対に言われる。何か失態を踏めば必ず『所詮は元々男爵令嬢だったから』と中傷されるだろう。それならば完璧でいればいい。積み重ねてきた努力は鎧《よろい》となり、学んだ知識はお前の武器となる。大切な娘を誰にも傷付けさせたくなかった」

嫌われて、なかった――。

「……っ……じゃあ、どうしてそう言ってくださらなかったんですか！　私はずっと、お義父様とお母様に嫌われていると思って……」

「……すまなかった。厳しくすることがお前のためだと思っていた。お前を傷付けないためにと思ってしたことだったが、それがお前を傷付けていたなんて……すまない。すまないエステル……」

義父の青い瞳からは、堰《せき》を切ったように次から次へと涙が溢れた。

「お義父様、泣かないでください……」

エステルは皺《しわ》のある手をギュッと握った。さっきまでエステルの頭を撫でてくれた優しい手だ。

ずっとこうして、触れてみたかった。

「エステル、お前は私の娘だ。血の繋がりなくとも、誰が何と言おうとも、お前は私の娘だ。お前を愛している」

「お義父様……」

エステルの瞳からも、涙が溢れていた。

「私も、お母様も、ジェローム様も、みんなお前を愛しているよ」

「でも、ジェローム様は私のせいで、屋敷を追い出されて……」

「お前のせいじゃない。ギャツビー王子のせいだ。ジェロームはお前のことを恨んでなどいないよ。いつもお前のことを想っていた。私へ送ってくる手紙には、いつもお前のことばかりを書いていた」

「えっ！　本当ですか？」

「ああ、エステルは元気に過ごしているか、エステルに厳しくするのはやめてほしいとな」

「ジェローム様……」

嬉しくて、また涙が出てくる。

「それに、愛していなければ、他の令嬢の名前を借りて、手紙など送ることなどしないだろう」

「えっ！　お義父様、ジェローム様が手紙を送ってくれていること、ご存知《ぞんじ》で……」

義父は瞳を細め、にっこり笑った。

ギャツビーの婚約者になる前に見た以来の笑った顔だ。

ずっとこうして、笑いかけてもらいたかった。

色んな感情が込み上げてきて、また新たな涙が溢れる。

「エステル、あの小娘が……サンドラが言っていたことは本当だ。ギャツビー王子と婚約破棄したお前に、良い縁談が来る可能性は低い。次期国王に睨まれたくないだろうしな」

「ええ、そうね……」

でも、エステルにとっては、ギャツビーであろうと、別の男性であっても嫌なことに変わりはない。

「……エステル、今から私は酷な話をする。今度こそお前に嫌われてもおかしくない」

「仰ってください」

「私はお前をろくでもない男に嫁がせるのは嫌だ。だが、修道院に入れば、話は別だ」

「え……」

修道院……？

「王都から三時間ほどの場所に、訳ありの令嬢たちが身を寄せる修道院がある。普通の修道院よりうんと良い環境で過ごすことができる。ろくでもない男の妻にならなくていい代わりに、お前は誰の妻になることも、母になることもできない。それでも私はお前を修道院に入れたいと思っている。……だが、お前は十分我慢をした。お前の意見を尊重したい」

「お義父様……」

「お前はどうしたい？」

「私……」

私は――ジェローム様以外の男性と結婚するのは、嫌だ。

「私は……」

エステルが口を開いたのと同時に、ノックなしに扉が開いた。

「エステルを修道院になど行かせない」

低く甘い声でエステルの名を呼んだのは、艶やかな黒髪に、黄金色の瞳の美しい青年だった。

嘘……！

「ジェローム様……っ！」

エステルは飛び起き、ジェロームに抱きついた。

「エステル、久しぶりだね。会いたかったよ」

「私も……っ……私も、ずっと会いたくて……ゆ、夢じゃない……のよね？」

ジェロームもエステルを強く抱き返し、頭を優しく撫でてくれる。

「ああ、夢じゃないよ。エステル、忘れないでくれて嬉しい」

「忘れるはずがないわ……！」

「俺もだよ。よく顔を見せて」

こんなグシャグシャな顔を見せるのは、恥ずかしい。でも、エステルもジェロームの顔を見たかった。

エステルは子供みたいに袖で涙を拭い、ジェロームの顔を見る。

涙で歪《ゆが》んだ視界に、美しい青年が映った。

ああ、もっとちゃんと見たいのに、涙が次から次へと溢れて、ぼやけてしか見えなくて悔しい。

「エステル、綺麗になったね。もう、すっかり大人の女性だ」

「顔、グシャグシャで……綺麗なんかじゃ……」

「綺麗だし、可愛いよ」

「～～……っ」

恥ずかしくて、顔が熱くなる。

「ジェローム様こそ、綺麗だわ。元々素敵だったけれど、もっと素敵になったのね」

「エステルにそう思ってもらえて嬉しい。ありがとう」

一番近くで、ジェロームの成長を見ていたかった。一番近くで、成長を見てもらいたかった。一緒に暮らしたかった。

たくさんの感情が溢れ、涙になってこぼれていく。

「ふふ、泣き顔は、昔のままだ」

「だ、だって……」

両親は二人の様子を見て、涙を浮かべていた。

失われた時間は帰ってこない。でも、またこうして再会することができた。それは、なんて幸せなことだろう。

これから色んなことを考えなければならない。でも、今だけはこの幸せに浸ることを許してもらいたかった。

第二章　夢のような日々

「エステル、もう休んだ方がいいわ」

「ううん、待っているわ。お母様こそ休んで」

「私も待っていたいのよ。ダイニングでお茶を飲んで待ちましょう。ラウラ、うんと濃い紅茶を淹《い》れてくれる？」

「かしこまりました」

ジェロームはエステルの涙が止まると、「二人きりで話したいことがあるから」と、義父の書斎に入ったきり、何時間も出てこない。

時計の針は頂点を通り越し、翌日の日付を刻み始めていた。

修道院になど行かせない……と言っていたけれど、どういうことだろう。良家でなくとも我慢して嫁がないといけないということだろうか。

不安で胸が苦しくなって、時間の進みが遅く感じる。

二杯目の紅茶を半分ほど飲んだその時、ジェロームと義父が書斎から出て、ダイニングにやってきた。

「二人とも、まだ起きていたのか」

「あなた、お身体は大丈夫？」

「ああ、問題ない」

義父は病み上がりだが、顔色は悪くない。きっとジェロームが帰ってきたこともあるのだろう。表情も穏やかだ。

「眠っていてよかったんだよ？　でも、嬉しいよ。待っていてくれてありがとう」

ジェロームはエステルの頭を撫で、にっこり微笑む。

「……っ」

どうしよう。ドキドキしすぎて、心臓が苦しいわ。

少年時代のジェロームもとても素敵だったが、今の彼はさらに魅力が増していた。

背はうんと伸び、顔を見ようとすると首が痛くなる。鍛えているからか身体は筋肉質で、美しい顔立ちには色気を感じた。

本当に、なんて素敵なのかしら……。

今までジェロームに会うことはできなかったが、彼の噂《うわさ》は耳に届いていた。ジェロームを一目見た令嬢は、彼のことが忘れられなくなる。あまりに美しくて、息をするのも忘れてしまうほどだ――と。

それを聞いて、エステルは何度も胸をかき乱されたものだ。

ジェロームに会うことができる令嬢への嫉妬、その中でジェロームの気持ちを射止める人がいるかもしれないという不安――ジェロームの噂を聞くたび、エステルの心の中は嵐が吹き荒れていた。

「ソフィ、エステル、私はジェロームに爵位を譲ることにした。私も、もう歳だしな。身体が言うことを利かない時もあるが、領地を治める者としてそれは許されない。だからこれからは、ジェロームに任せようと思う」

義父は苦笑いを浮かべ、左胸に手を当てた。

婚約破棄の一件が、確実に義父の持病を悪化させた。

私のせいだわ……。

エステルは責任を感じ、ギュッと唇を噛《か》んだ。

「エステル、優しいお前のことだ。自分のせいだと思っているのだろう？　だが、それは違う」

「でも、婚約破棄の件で、お義父様に心配をかけてしまって……」

「いや、あんな男に大切なお前をやらなくて、むしろよかったと思っている。それにゆっくり静養していれば問題ないんだ。だから心配しなくていい」

「お義父様……」

「本当に心配しなくていい。それよりもお前が気にする方が、病気が悪化してしまいそうだ。お前が幸せにしているのが、私にとっていい薬になるんだよ」

義父はまるで幼い子供の頭を撫でるように、エステルの頭をくしゃくしゃと撫でた。それが嬉しくて、心地よくて、エステルは目を細める。

「……はい、お義父様」

「それから、ソフィ、私はこれを機に王都から離れ、領地にある別邸に行こうと思っている。お前はどうする？」

「もちろん、あなたに着いて行きますわ」

母が少しも迷わずに答えたので、義父は呆気《あっけ》に取られる。

「だ、だが、お前は観劇が好きだろう？　領地に戻れば、なかなか観《み》られなくなってしまうが、いいのか？」

「ええ、もちろんです。もう、私は観劇よりもあなたが好きだって、知っていらっしゃるでしょう？」

母がそう答えると、義父が頬を赤くする。

「そ、そうか……それなら、いいんだが……」

ふふ、照れていらっしゃるのね。

二人の仲睦まじい姿を見ていると、胸の中が温かくなる。

「公爵位を受け継ぐということは、ジェローム様は騎士団を……」

「うん、すぐには無理だけど、引継ぎが終わり次第、退団することになるかな」

「そう……」

私は、どうなるのかしら……。

ここに居たい……でも、それはできないのよね。

他の男性の元に嫁ぐか、修道院に行くか——せっかくジェローム様が戻ってきたのに、一緒に居られないなんてあんまりだわ。

「エステル、それでだけど……」

「！　え、ええ、何？　ジェローム様」

「さっきも言ったけど、エステルには修道院に行ってほしくないんだ」

「……っ……」

修道院に行ってほしくないということは、エステルには良家でなくとも嫁いでほしいということだ。

しかもそれをジェロームの口から言われるのは、あまりにも辛かった。

嫌……私、ジェローム様以外の男性の元へ嫁ぎたくない……！

涙が出そうだった。でも、泣いては家族を困らせてしまう。

長年の訓練で、悲しくても涙を流さないようにすることができるようになっていたエステルは、必死に涙を堪えた。

するとジェロームが、上着のポケットから小さな箱を取り出した。

箱……？

エステルが不思議そうにしていると、ジェロームは彼女の足元に跪《ひざまず》いて、その小さな箱を開いた。

「えっ」

そこには大きなダイヤが付いた指輪が入っていた。

これって、まるで……。

「エステル、俺は初めて会った時から、キミのことがずっと好きだった。修道院には行かず、どうか俺と結婚してほしい」

「…………!?」

ジェローム様が、私のことを…………好き!?

エステルも驚いていたが、母も同じぐらい驚いている。義父は満足そうに頷いていた。どうやら義父だけは、ジェロームの気持ちを知っているらしい。先ほど話し合った時に、打ち明けたのだろうか。

「血の繋がりはなくても、一度兄妹となった間柄だ。それをよく思わない人間もいる。そのことについて嫌なことを言ってくる人間もいるかもしれない。でも、俺が必ず守ってみせる。だからエステル、俺と結婚してほしい」

こんな夢みたいなことが、あってもいいの?

ギャツビーと結婚せずに済んで、ジェロームと再会できて、それだけで夢のように幸せなことなのに、彼と両想いで、しかも結婚できるなんて本当のことなのだろうか。

本当に本当なの？　私、自分に都合のいい夢を見ているんじゃないかしら。

エステルは驚愕《きょうがく》して、何も言葉を発することができない。

ただただ深緑色の目を見開き、瞬《まばた》きもせずジェロームの顔を見ていると、彼は箱から指輪を取り出し、エステルの左手をそっと掴んだ。

「エステル、返事をちょうだい。『はい』と言ってくれるまで、俺はずっと諦めないよ」

「……っ……ジェローム様……」

ようやく出た声は、驚くぐらい小さかった。

「エステル、結婚してくれる？」

その問いかけに、エステルはもちろん「はい」と答えた。

ジェロームは安堵したように微笑むと、エステルの左手の薬指に指輪をはめ、手の甲にチュッと口付けた。

「……っ」

顔が熱い。足元がフワフワする。

こんなにも幸せだと思ったのは、人生で初めてだ。

「まさか、こんな幸せなことになるなんて……！　ああ、嬉しいわ。エステル、ジェローム、おめでとう」

「おめでとう。ジェローム、お前にならエステルを安心して任せられる」

「ええ、任せてください」

両親の祝福の声を受けている間、エステルは密《ひそ》かに頬の裏を噛んでいた。

痛い。じゃあ、これって、夢じゃないのね……！

◆◇◆

自室に戻って寝る準備を整え終えた後も、エステルは興奮が冷めずになかなか寝付けずにいた。

無理もない。結ばれると思っていなかった人と結婚できることになったのだから。

「うーん……」

全然眠れそうにないわ。このまま起きていようかしら……。

そんなことを考えながら左手の薬指で輝いている指輪を眺めていると、扉を小さくノックする音が聞こえた。

もしかして……。

「は、はい」

小さな声で返事をし、急いでナイトドレスの上にガウンを羽織って扉へ向かう。そっと開けると、そこには予想していた人が立っていた。

「ジェローム様！」

「起きているかな？　と思って」

「ええ、起きていたわ。ドキドキして寝付けなくて……」

「ふふ、俺もだよ。入ってもいい？」

「もちろん。どうぞ」

二人はソファに腰を下ろした。ジェロームはエステルの顔を見ているが、エステルは気恥ずかしくて見ることができない。

「夜にお喋《しゃべ》りをするのは、久しぶりだね。紅茶とお菓子を持ってこようか悩んだんだけど、さすがに遅すぎるかなと思って」

「そうね。それにさっきジェローム様とお義父様を待っている時、結構飲んでしまったから。もうお腹がいっぱいだわ」

「そっか、じゃあ、よかった」

二人は少しでも動けば触れるような距離に座っている。

以前と同じ距離感だ。でも、あの頃とは関係性が違うので、エステルはものすごく意識し、ドキドキしていた。

ジェローム様に心臓の音、聞こえてないかしら……。

無言の時間ができると、妙に緊張してしまう。自分から聞こえるわずかな呼吸音が、妙に大きな音に感じる。

「さっき、驚かせちゃったかな？」

「えっ」

「求婚した時のことだよ」

「そ、それはもちろん驚いたわ。驚かない人なんていないと思うわ」

「それもそうだね。……じゃあ、困らせたかな？」

「いいえ！　そんなことない……困ってなんていないわ……あ、あの……」

「ん？」

「……わ、わたっ……私を好きって、本当に？」

ああ、聞いてしまった。

さっき告白してもらってから、ずっと気になっていたのだ。

だって私、ジェローム様に迷惑をかけてばかりだもの。

エステルがジェロームを好きになることは必然だけど、ジェロームに好かれるところなんてどこにもなかったはずだ。

「本当だよ。大好きだ」

「〜〜……っ」

あまりにも嬉しくて、飛び上がりたい衝動に駆られるのを必死で堪えた。

「あ、あの、どうして？　私なんかのどこが？」

「私『なんか』って言わないでほしいな。エステルは誰よりも素晴らしい人なんだから」

「……っ……あ、ありがとう……」

エステルは自己評価が低い。

男爵令嬢だった時はサンドラ以外に友人はできなかったこと、ギャツビーにはよく貶《けな》されていたこと、そして義父もよりレベルが高い人間になるために、エステルのことを決して褒めることはなかったためだ。

「その話をするには、エステルを好きになったきっかけから話さないといけないね」

「聞きたいわ……！」

思わず身を乗り出すと、ジェロームにクスッと笑われて恥ずかしくなってしまう。

「エステルと初めて会ったのは、俺の母上の葬儀だったんだ。覚えているかな？」

「参列したのは知っているんですが、私はその時の記憶があまりなくて……」

ジェロームの実母が亡くなったのは、エステルが三歳、ジェロームが七歳の時だった。断片的に覚えていることもあるけれど、三歳の時の記憶はほとんどない。

ジェロームと出会った時のことを忘れているなんて勿体《もったい》ない。エステルは必死に思い出そうとするが、やはり思い出せなかった。

「そっか。エステルは本当に小さかったから、覚えていても無理がないね。でも、俺はよく覚えているよ。母上の葬儀の時、俺は泣けずにいたんだ。とても悲しいのに、涙が出ないんだ。

カヴァリエ公爵家の跡取りとして、人前で涙を見せるのはよくないと言われてきたから、ああいう時でも涙が出なかったんだと思う」

ジェローム様も、私と同じように言われていたのね……。

当時のジェロームの辛さを想像すると、胸が苦しくなる。

「葬儀を終えた後も屋敷へ戻る気になれなくて、教会の椅子に座ってぼんやりしていたら、エステルが現れたんだ」

「私が……？」

葬儀が終わっても、すぐに帰らなかったのかしら。

当時のエステルは、かなりお転婆《てんば》だったと聞いたことがある。両親の目を盗んで、あちこち探索していたのかもしれない。

「エステルは俺の方に寄って来て、あまりに綺麗な顔をしているから見惚れていたら、エステルも俺の顔をジッと見て、その後、抱きしめてくれたんだよ」

「えっ」

子供の頃の私ったら、そんな大胆なことをしていたの⁉

「頭を撫でて、『よしよし、大丈夫よ』って言ってくれて……」

それは母の口癖だった。母はエステルが悲しむと、そうやって慰めてくれていた。こうしてもらうと胸の中が温かくなって、不思議と悲しみがどこかへ行く。

どうやら幼い頃のエステルは、悲しみに襲われているジェロームを見つけて、母と同じ真似をしたらしい。

「エステルに抱きしめてもらったら、初めて涙を流すことができたんだ。胸の中の苦しさが、涙になって出ていくみたいだったよ。俺が泣いている間、エステルはずっと頭を撫でてくれたんだよ」

「そうだったのね……」

「あの時に涙を流せていなかったら、苦しいものが胸の中に溜《た》まり続けて、俺はきっといつかおかしくなっていたと思う」

実父を亡くした時、胸が張り裂けそうなぐらい辛かった。もし、その苦しみを少しでも和らげることができたのなら、昔の自分を褒めてあげたい。

それにしても、ジェローム様との思い出を忘れてしまうなんて、本当にどういうことなの？

幼いとはいえ、それだけは覚えていてほしかったものだわ……！　私の馬鹿！　馬鹿馬鹿！

「名前を聞き忘れてしまったけど、エステルは珍しい髪色だからね。父上に聞いたら、すぐにわかったよ」

ジェロームはエステルの髪を一房すくうと、指にクルリと巻きつけ、ちゅっとキスを落とす。

　顔が熱くなり、エステルはどこを見ていいかわからなくなって視線を泳がせる。

「……っ」

「エステルのことが頭から離れなくて、何度もあの時のことを思い返していたんだ。それからしばらくして、ようやくエステルに恋をしたんだって気付いた。だから、父上の再婚相手がエステルの母上だって知って複雑だったよ。俺は年頃になったらエステルに求婚するつもりだったのに、まさか妻じゃなくて、妹になるなんて思わなかったから」

「きゅ、求婚……してくれるつもりだったの？」

「そうだよ。どうやってエステルと接点を作るか、どうやったら結婚できるか、子供ながら色々考えていたんだ」

　好かれていたなんて、知らなかった。

「じゃあ、再婚しなくても、いつかはジェローム様と会うことができていたのかもしれないのね」

「うん、必ず会いに行っていたよ。妹になったら、結婚できないんじゃ？　って落ち込んだけど、王立図書館で調べたら、血が繋がっていなければ結婚できるって知ってホッとした」

「ふふ、そんなことしていたなんて知らなかったわ」

「誰にも気付かれないようにこっそり動いていたんだよ。でも、その後にあの忌々しい我儘王子が現れて、エステルを盗って行こうとした。そのせいでエステルは酷い目に遭って……嫉妬と怒りでどうにかなりそうだったよ」

エステルがジェロームを好きになったキッカケは、酷い目に遭っているところを彼が優しく包んでくれたことだ。

でも、きっと……ううん、絶対、そんなキッカケがなくとも、エステルはジェロームに心を奪われていたことだろう。

こんなに嬉しいことがあるなんて……。

ジェロームは喜びに打ち震えるエステルの手を包み込み、そっと握った。心臓がドキッと跳ね上がり、エステルは一瞬呼吸をするのを忘れてしまう。

「……っ……ジェローム様……」

「エステル、今は俺のことをただの義兄としか見られないと思う。でも、いつか……俺のことを一人の男として見てほしいんだ。そしてできれば、好きになってくれたら嬉しい」

幸せ過ぎて、胸の奥から温かい何かが噴き出し、身体の外にまで溢《あふ》れ出《だ》しそうな感覚を覚える。

「……あ、のね……私、ずっと隠してきたことがあるの」

あまりに心臓が速く脈打つものだから、息が乱れそうになる。エステルは何度か深呼吸をして、ゆっくり言葉を紡いだ。

「隠してきたこと？」

「ギャツビー王子と婚約したから、こんな気持ちを抱いてはいけないって思っていたけれど、どうしても諦められなかったの。……ううん、諦めたくなんてなかった。だって、とても大切な気持ちだから」

「エステル、それはどういうことで……」

エステルはジェロームに握られた手をギュッと握り返し、彼の神秘的な金色の瞳を真っ直ぐに見つめた。

「私もね、ジェローム様のことが好きだったの」

ジェロームは目を丸くし、口をポカンと開いた。

「えっ」

どうやらエステルの想いには、気付いていなかったらしい。

「だからね、ギャツビー王子と結婚なんて、絶対嫌だったの……だから、婚約破棄されて本当によかった。ちゃんとした縁談がこないから修道院に行こうとしたんじゃなくて、ジェローム様以外の男性と結婚するのが嫌だったから行くつもりだったのよ。……驚いた？」

悪戯《いたずら》を仕掛けた子供のように笑いかけると、ジェロームは頬を染め、口元を押さえながらコクリと頷いた。

「驚いた……なんてものじゃないよ。今、人生で一番嬉しい」

「私もよ。ジェローム様に嫌われているんじゃないかって不安だったのに、まさか好きになってくれるなんて思わなかった……」

「え、どうして俺がエステルを嫌いになるの？　そんなの世界が終わるよりもありえないことだよ」

　あまりに嬉しくて、エステルの口元は緩みっぱなしだ。

「だって、私を庇うせいでお義父様に罰を与えられていたし、屋敷も追い出されたわ……私のせいで辛いことばかり……」

「それはエステルのせいじゃないよ。全部あの忌々しい馬鹿王子のせいだ」

「それから、ジェローム様が屋敷を出る時に『お義兄様』って呼んだら、お義兄様って呼ばないでほしいって言っていたから、嫌われているのかと……」

「あ……そうか、そうだよね。俺の気持ちを知らずにそんな風に言われたら、嫌われたって思ってもおかしくないね。エステル、ごめん。俺の配慮が足りなかった。『お義兄様』って呼ばないでほしいって言ったのは、エステルには兄としてじゃなくて、一人の男として見てほしかったからなんだ」

「そ、そんな意味だったなんて……」

あの時はとても悲しかったけれど、今はそんなことがどうでもよくなるぐらい嬉しい。

「傷付けてしまったかな……ごめん」

「……っ……いいえ……謝らないで。私、すごく嬉しい……ジェローム様、私、こんなに幸せでいいのかしら?」

「もちろんだよ。俺も幸せだ」

ジェロームはエステルの赤く染まった頬を大きな手でそっと包み込んだ。

「ジェローム様の手、大きいわ。前よりもずっと大きくなった」

「エステルの頬は相変わらずスベスベだ」

この手にこうしてもらえるのが、とても好きだった。また、こうしてもらえるのが嬉しい。

ジェロームの手に自分の手を重ね、彼の手の平に頬ずりする。

子供の頃は柔らかかった手の平が、こんなにも硬くなっている。剣を扱っているからに違いない。

ジェロームは史上最年少で騎士団長になった。エステルでは想像できないほどの努力をしたのだろう。

「夢じゃないのよね……?」

「ああ、夢じゃない」

ジェロームの綺麗な顔が、ゆっくりと近付いてきた。

あ……。

自然と目を瞑《つぶ》ると、ちゅっと唇に柔らかなものが触れた。それがジェロームの唇だと気付くには、瞬き一回分もかからなかった。

エステルが目を開けようとしたら、再び唇を重ねられた。ちゅ、ちゅ、と角度を変えながら、柔らかな唇に塞がれる。

「んっ」

気持ちいい……。

口付けがこんなにも気持ちいいものなんて、知らなかった。ずっと、こうしていたいぐらい……でも、息が苦しい。

「エステル、呼吸は鼻でするんだよ」

呼吸ができていないのに気付かれていたらしい。

「そ、そうよね。いつも鼻でしているのに、どうして口でしようと思ったのかしら……」

「ふふ、でも、いきなり口を塞がれたら、驚いて普段はしないようなことをしてしまうかもしれないね。……もう一回してもいい？」

「……っ……え、ええ、もちろんよ……」

再び唇を重ねられる中、エステルは鼻で息をした。

「そう……上手だよ」

低く甘い声で褒められると、ゾクゾクする。

「ん……んん……」

「エステルの唇、とっても柔らかいね。ずっとこうしていたくなる」

結婚前の乙女が、手を握る以上のことをするなんていけないことだ。

でも、愛《いと》しい人との触れ合いはあまりにも甘美で、拒むことなんてできなかった。

むしろ――もっとしてほしい。

エステルの想いが伝わったのか、心地よくてうっすらと開いた唇を割って、長く肉厚な舌が咥内《こうない》に侵入してきた。

「んん……っ」

あ、舌が……！

どうしていいかわからずにいると、ジェロームがリードしてくれた。

舌先で咥内をなぞられるとくすぐったくて、お腹の奥が震えて熱くなってくる。

触れられているのは口の中なのに、どうしてそんなところが変なことになるのだろう。こん

な感覚は初めてだ。

くすぐったいのは苦手だ。でも、これはとてもいい。

もっとしてほしくなっちゃう……。

舌を絡められてヌルヌル擦り付けられると、ますますお腹の奥が熱くなってきた。

「ん……ふ……んん……」

お腹の中だけでなく、身体全体が熱い。高熱を出した時みたいに、頭の中がぼんやりしてくる。

なんだか、おかしくなってしまいそうだわ。

足の間が切なくなってきて、手で押さえたくなるような衝動に駆られた。

これは、何……？ こんなの初めて……私、本当におかしくなってしまったの？

初めての感覚に戸惑いながらも、エステルは夢中になってジェロームからの濃厚な口付けを受け止めた。

おかしくなったとしても、やめてほしくなかった。

もっと……できるだけ長く、こうしていたい。もっと、もっと――。

口付けの時間が長くなるほど、エステルは貪欲になっていった。

どれだけそうしていたのだろう。

唇を離したのは、ジェロームの方からだった。唇や舌が名残惜しさを感じるように、ジンと痺《しび》れている。

ああ、終わってしまったわ……もっと、口付けしていたかった。

エステルはぼんやりした頭で、はしたないことを考えてしまう。

「嫌じゃなかった？」

「まさか！　嫌なんかじゃないわ……」

「よかった」

ジェロームはホッと安堵したように微笑むと、エステルを抱きしめて頭を撫でた。

彼の温《ぬく》もりと香りに包まれ、幸せで胸がいっぱいになり、嬉しさのあまりまた涙が出そうになる。

気が付くと、空が明るくなり始めていた。

「もう、朝になってしまうね」

「本当だわ……全然気が付かなかった」

「そろそろ休まないといけないね……こんな時間まで付き合ってくれてありがとう」

「私の方こそ」

「じゃあ、また明日……というか、今日だね。おやすみ、エステル」

「ええ、ジェローム様、おやすみなさい」

ジェロームはまたエステルの唇を軽くチュッと吸い、自室へ戻って行った。エステルはフワフワした足取りで歩き、ベッドに倒れ込んだ。

今までジェロームと口付けしていた唇を、指でふにふに押したり、撫でたりしてみる。

ジェローム様と、婚約……ジェローム様と、口付け……。

たった一日で素晴らしいことが次々と起きて、エステルの頭の中は破裂してしまいそうだった。


『また明日……』


その約束ができるのが嬉しくて、エステルは子供のように足をバタバタ動かした。

「夢みたい……夢みたい……夢みたい～～……っ！」

枕に顔を押し当て、感情が高ぶって声を出してしまう。

日が完全に昇っても、エステルは興奮が覚めずに眠れないままだった。

◆◇◆

「ギャッビー王子に婚約破棄されたレディ・エステルが、ジェローム様と婚約したんですって」

「嘘！　だってあの二人、兄妹でしょう⁉」

「血は繋がっていないから、問題ないらしいわよ。でも……ねぇ？」

「不潔ねぇ……」

エステルとジェロームが婚約したことは瞬く間に社交界に広がり、ゴシップ好きの貴族たちからは好奇の目を向けられた。

でも、エステルは幸せ過ぎて、まったく気になっていなかった。

「エステル、この髪飾りが気になる？　すごく似合うと思うよ」

「えっ！　どうしてわかったの？」

「綺麗な目をキラキラ輝かせて、ジッと見ていたから」

「ふふ、ジェローム様にはなんでもお見通しなのね」

ジェロームはまだ騎士団長の職にあるが、王城にある騎士団が利用している寮の部屋を引き払い、カヴァリエ公爵邸に戻ってきた。

騎士団が休みの時は、エステルと共に街へ出て、買い物や食事を楽しんだ。

「買って行こう。こっちの薔薇が付いた方も可愛いな。エステルに似合いそうだ。プレゼントしたら、つけてくれる？」

「ええ、もちろんだわ。プレゼントしてくださるなんて嬉しい。ジェローム様、ありがとう。宝物にするわ」

エステルは今まで、着飾ることに興味がなかった。今まで仕立ててきたドレスは、すべて母に選んでもらっている。

理由は、見せる相手がギャツビーだから。

でも、今はとても興味がある。もちろん、ジェロームがいるからだ。

エステルが着飾って見てもらいたいのは、ジェロームだけだ。彼が褒めてくれるたびに嬉しくて仕方がない。

元々素晴らしい美貌を持っていたが、今のエステルはさらに輝いていた。街ですれ違う人々が、皆振り返ってまでエステルを見ている。

「父上はともかく、母上がいなくて寂しくない？」

「ええ、ジェローム様がいてくれるから大丈夫よ。それにお義父様は領地に帰った方が、身体の調子がよくなったって仰っていたし、お母様も嬉しそうだったから」

「領地は自然が多いし、父上の身体にとっては、もっと早くにそちらへ行けた方がよかったのかもしれない」

「そうね。王都は空気が悪いから」

「次に会う時は、ずっと元気になっているかもしれないね」

「ええ、次にお会いできるのが楽しみだわ」

義父と母はジェロームに爵位を譲り、すぐに領地へ帰って行った。母と離れて暮らすのは初めてで、本当は少し寂しい。

でも、頻繁に手紙をくれるし、その手紙には義父と楽しく過ごしていることが書かれている。傷付いた母を見たことがあるエステルは、一緒に暮らしていなくても、母が楽しく過ごしてくれる方がずっと嬉しい。

それにジェロームが居てくれるから、エステルは平気だ。

買い物を終え、ジェロームと馬車に乗ったエステルは、家まで待てずにプレゼントしてもらった髪飾りを取り出した。

「ふふ、可愛い」

「つけてあげようか？」

「ええ、じゃあ、お願い」

ジェロームはエステルから髪飾りを受け取ると、優しい手付きで彼女の髪に触れる。

「痛くない？」

「平気よ」

「……よし、できた」

「ありがとう。似合う……かしら？」

「うん、すごく可愛い。こうしたくなるぐらい」

ジェロームは大きな手でエステルの頬を包み込むと、唇を重ねた。

「ん……ぅ……」

初めて口付けを交わして以来、二人きりになるとこうして口付けをするようになった。ほとんどが軽いもので、深くなることは稀《まれ》だ。

今も一瞬だけ触れただけ。

深いのを、してほしかった……。

婚姻前の身体の触れ合いや交わりは、表向きには禁止されている。ギャツビーと婚約していた時はそれを守るべきだと思っていたが、今のエステルは違った。

――ジェローム様のこの大きな手で、身体に触れられたら……。

――二人とも服を脱いで、直接肌を合わせたら……。

エステルは一人になると、そんな不埒《ふらち》な想像をしてしまうようになっていた。

ジェロームに求められたとしたら、エステルは喜んで受け入れたいと思っている。

しかし、ジェロームは、エステルに口付け以上のことを求めようとはしなかった。

ジェローム様は、口付け以上のことをしたいとは思わないのかしら。私が淫らな女の子だから、そんなことを考えてしまうのかしら……。

不安になったエステルは、ポリーヌをお茶会へ招き、そのことを話してみることにした。

ポリーヌはジェロームとの婚約を心から喜び、祝ってくれた。今では親友と呼べる大切な人だ。

「……というわけなんです。ジェローム様は、したいとは思わないのかしら……」

「そんなことございませんわ。ジェローム様は、エステル様を大切に想っていらっしゃるから、我慢されているのですよ」

「本当に……？」

「ええ、本当ですわ」

「……もし、そういうことになったりしたら、その、それはどうなんでしょうか。婚姻前に関係を持つことは、禁止されているでしょう？」

「表向きはそうですが、守っている方はごく少数ではないでしょうか」

「そうなんですか？」

「ええ、実は私も……」

「えっ」

「エステル様にだけお話しますね。実は私、ピエール様と……一線を越えているんです」

ピエールとは、ポリーヌの婚約者だ。両親同士が決めた話だが、ピエールはとても優しい青年で、二人はお互い愛し合っている。

「そ、そうだったのねっ！　お話ししてくださって、ありがとうございます」

確かにギャツビーとサンドラも、婚前でありながら愛し合っていたし、それを国王夫妻の前で隠しもしなかった。

エステルが知らないだけで、皆、婚前交渉をしているのだろう。

「いいえ、お恥ずかしいです……ですから、エステル様も、そういった機会が訪れた際には、決まりなど気にしないで、自分のお心のままに……」

ジェローム様を想っていることを、こうして隠さずに話せるのが、嬉しくて堪らない。

「ありがとうございます。あ……あと、あの、私って、み……み……淫らなのでしょうか。最近、ジェローム様と触れ合うことばかりを想像してしまいまして……」

「そんなこと！　私もですわ」

「ポリーヌ様も⁉　ああ、よかったわ。私だけがそうかと思っていました」

「きっと、皆様そうですわ。でも、気になってしまうお気持ち、とてもわかります」

「よかった……！」

「でも、ジェローム様は我慢強そうなので、このまま結婚するまで貫き通されるような気もします」

「えっ……そ、それは……悲しいかもしれないです……」

「では、エステル様からご誘惑するのはいかがでしょうか？」

「ゆ、誘惑？」

「ジェローム様とお二人きりになった時は、さりげなくお身体に触れてはいかがですか？　膝とか、腕にさり気なく触れると、そういう雰囲気になりやすいかと」

「そうなんですか？　……少し恥ずかしいけれど、た、試してみます……」

「胸をジェローム様のお身体に押し当てるのも効果的だと思いますわ」

「胸っ⁉　そ……っ……それは、無理かもしれません」

身体に触れるのはまだしも、どういう状況で胸を押し当てていいのかわからない。わかっていても、恥ずかしくて難しい。

「ふふ、ご無理なさらない程度で大丈夫ですわ。それから、服装を変えるのもありかと」

「普段は着ない服装に挑戦すればいいのでしょうか……」

「そうですね。胸元が開いたデザインのものや、身体のラインを出すようなデザインなどがいいと思いますわ」

「……っ……だ、大胆ですね」

「ジェローム様も、ドキドキしてくださること間違いなしですわ」

「ドキドキ……」

挑戦、してみようかしら……。

身体のラインが出るものは勇気が出なかったので、まずはいつもより胸元が開いたドレスを仕立ててもらった。

自分の意思でドレスが欲しいと言ったことがなかったので、初めての経験だ。出来上がるまでの間、早くできないかとソワソワした。

胸元がスースーして、落ち着かないわ。でも、我慢しなくちゃ。

「ジェローム様、お帰りなさい」

「ただいま、俺がいない間、変わりはなかったかな?」

「ええ、何もなかったわ」

新しいドレスに身を包み、王城から帰ってきたジェロームを出迎えた。もちろん、身体に触れることも忘れない。

ぎこちないながらも、エステルはジェロームの腕や手に触れながら話した。

「今日のドレスは……」

「え、ええ、新しく仕立てたの」

「そうだったんだ。すごく可愛いけど、胸元が寒そうだね。エステルは風邪を引きやすいから、少し直したらどうかな」

わざと開いたデザインで作ったのよ……！

「……こ、こういうデザインのドレスが、流行《はや》っているのよ」

せっかく作ったのに、直したら普通のドレスになってしまう。それは絶対に嫌だ。ジェロームを誘惑できなくなってしまう。

「そうなんだ。知らなかったよ」

「そ、そうなのよ」

実際はそんな流行なんてないが、誘惑するために作っただなんて本当のことを言うわけにはいかない。

ジェローム様、嘘を吐いてごめんなさい。

エステルはそのドレスを着て、一生懸命ジェロームを誘惑したが、彼は口付け以上のことをしようとはしなかった。

痺れを切らしたエステルは、仕立て屋に頼んでさらに胸元を広げてもらった。豊かな胸がこぼれんばかりに出ていたが、ジェロームはやはり求めてこようとはしない。

「はあ……」

あんなに頑張ったのに……もしかして私って、魅力がないのかしら。

「お嬢様、お休み前に苺酒《いちござけ》はいかがですか？」

悶々《もんもん》と考えていたら、ラウラが苺酒のボトルとグラスを持って入って来た。

「ポリーヌ様がお土産にくださったお酒ね」

彼女の父の領地は苺の栽培が盛んで、このお酒に使われた苺もそこで収穫したものだ。ボトルの蓋を開けただけで、苺のいい香りが広がる。

「せっかくだけど、こんな時間に飲んだら、太ってしまうかもしれないから……」

「エステル様は十分お痩せになっていますし、それにもう、無理に体形や体重を気にする必要はないのでは？」

「あ……っ……ふふ、そうだったわね。じゃあ、頂こうかしら」

ギャツビーの婚約者だった時は、太らないようにしていたので、お酒を飲むのは、舞踏会や晩餐会《ばんさんかい》の時だけだった。

すっかり習慣化していたわ。もう、辞めましょう。

「かしこまりました」

ラウラはグラスにお酒を注ぎ、ボトルを下げようとする。

「あ、待って。ボトルも置いて行ってくれる？」

「ですが、飲み過ぎはお身体によくないですよ」

「おかわりをするからじゃなくて、可愛いから眺めていたいの」

「ああ、なるほど。確かにとっても可愛らしいですものね」

「ふふ、絵本に出てくる魔法の瓶みたいよね」

ポリーヌの趣味は、身近にあるものを可愛らしく飾り付けることだった。苺酒の瓶も飾り付けてある。中身の色がピンク色なので、より可愛らしい。

「では、私は失礼致しますね。何かございましたら、いつでもお申し付けくださいい」

「ええ、ありがとう」

寝る前にお酒を飲むなんて、大人になったっていう感じがするわ。

一口飲むと、甘酸っぱい味が口いっぱいに広がった。

「んっ！　美味しいっ！」

エステルが今まで飲んできたお酒は、お酒の味が強いものや、酸味がきつすぎるものが多かったので、甘いお酒を飲むのは、これが初めてだった。

こんなに美味しいお酒があるなんて、知らなかったわ。

一気に平らげたエステルは、瓶を開けてもう一杯注いだ。二杯目を飲んでいるうちに頭がぼんやりしてきて、身体がポカポカ温かくなってきた。

ああ、なんだかとてもいい気持ちだわ……。

エステルはソファの膝置きにもたれかかり、今度はゆっくりとお酒を楽しむ。

眠くなってきた……けれど、まだ寝たくないわ。

とてもいい気分で、眠るには勿体ない気がしていた。

横になったり、起きたりを繰り返しているうちに、ナイトドレスがずり上がっていく。

白い足が露わになり、膝置きに押し潰された胸は、谷間が強調され、扇情的な姿になっていた。

二杯目も半分ぐらいに差し掛かると、部屋の扉をノックする音が聞こえた。

「はぁ……ぃ」

ぼんやりしながら返事をすると、ジェロームが入って来た。

「エステル、入るよ」

ジェローム様だわ。来てくださって嬉しい。

彼を見ていると、抱きつきたい衝動に駆られる。でも、身体がとても怠《だる》くて、ソファから立ちあがることができない。

「あれ、お酒を飲んでいるの？」

「ええ、ポリーヌ様がくださったお酒なのよ。甘くてとっても美味しいの。ジェローム様もお飲みになる？」

「じゃあ、いただこうかな」

ジェロームはエステルの隣に座ると、彼女のグラスを受け取った。

金色の瞳が、剥《む》き出《だ》しになった白い足や胸の谷間を情熱的に見ていることに、酔っているエステルは気付いていない。

「美味しいでしょう？」

「うん、甘酸っぱくて美味しい。でも、かなり度数が強いね」

「そうなの？」

「そうだよ。飲み過ぎないように、気を付けないといけないね。顔も赤いし、目もトロンとしているし、相当酔っているみたいだね。何杯飲んだのかな？」

ジェロームはグラスをテーブルに置くと、赤くなったエステルの頬を撫でる。

「うふふ、忘れちゃったわ」

もう、堪らなくなったエステルは、ジェロームに抱きついた。酔っている彼女は、胸を押し付けていることに気付いていない。

「いけない酔っぱらいさんだね。そんなことされたら、押し倒したくなってしまうよ?」

「押し倒したい? 本当に?」

エステルは身体を離し、ジェロームの顔をジッと見つめた。誘うような上目遣いになっていることに、彼女は気付いていない。

「ああ、本当だよ。最近は胸元が開いたドレスを着るし、よく触れてくれるし、俺は我慢するのが大変なんだ」

誘惑は成功していたらしい。

「嬉しい……我慢なんてしないで。触って?」

「えっ」

「私、ジェローム様を誘惑していたの。だから、我慢しないで、押し倒してほしいの……」

酔った勢いで本音を伝えると、金色の目が丸くなった。

「エステルが、俺を? 誘惑?」

まさかエステルの口からそんな言葉が出てくるとは思わなかったようで、ジェロームは混乱を隠せない。

エステルはさらに追い打ちをかけることにした。

「そうよ。だって、ジェローム様が大好きなんだもの。口付け以上のことがしたいの。だからもう我慢なんてしないで」

　エステルは驚いているジェロームに再び抱きつくと、猫のように彼の首元に額を擦りつける。

「ジェローム様……して？」

「……っ……驚いた……まさか、誘惑してくれていたなんて思わなかったよ。そして自分の鈍感さにも驚いた」

　ジェロームはエステルを抱き返すと、露わになった白い足をしっとりと撫でた。

「ぁ……っ」

「この足も俺を誘惑するために見せているのかな？」

「あ、ら？　いつの間に……んっ……これは……違うの。偶然……でも、誘惑できて、る？　それなら……恥ずかしいけど……嬉し……っ……ン……」

「ああ、堪らないよ」

　撫でられるたびにくすぐったくて、でもそれがいい。

「んん……っ」

　顔をあげると、唇を奪われた。

「ん……ふ……んん……んぅ……」

舌を絡め合っている間も、ジェロームの手はエステルの白い足を淫らな手付きで撫で続けていた。

足、撫でられるの……くすぐったいけど、気持ちいい……もっと、撫でてほしい……

ふくらはぎを撫でていた手は上を目指し、とうとうドロワーズ越しに太腿《ふともも》に触れる。

ああ、ジェローム様の手が、こんなところを触っている……。

意識すると恥ずかしくて、でも、それ以上に興奮した。秘部はすっかり濡れ、ドロワーズまで滲《し》みていた。

太腿よりも、こっちを触ってほしい——そう主張しているようだ。

ジェロームの逞《たくま》しい手を掴んで、秘部に押し当てたい衝動に駆られる。エステルはわずかに残っている理性で、行動に移さないように必死に堪えた。

ジェロームの手が、エステルの太腿から離れた。

え……やめてしまうの？　これで終わり？

エステルが今にも泣きそうになっていると、彼は情熱的な目でエステルに向けた。

「もう、やめてあげられそうにない。エステル、ベッドに連れていってもいい？」

唇を離したジェロームは、エステルの耳元で囁《ささや》く。

「……っ」

低くて甘い声に囁かれると、お腹の奥がゾクゾクした。

もちろん、エステルの答えは決まっている。

「ええ……早く連れて行って……」

エステルがそうお願いすると、ジェロームは彼女を軽々と抱きかかえ、ベッドへ運んだ。

「ぁ……っ」

ベッドに押し倒されたエステルのストロベリーブロンドの髪がベッドの上に広がり、その上にジェロームが覆いかぶさる。

ジェロームはお酒と興奮で瞳を潤ませるエステルを見下ろし、彼女の髪を繊細なガラス細工に触れるように優しく撫でる。

ああ……気持ちいい……。

その手で、胸に、お腹に、秘部に触れてほしい――。

ジェロームに触れられることを想像するだけで、秘部からは新たな蜜がどんどん生まれていく。

「エステル、酔っているね」

「うふふ、ええ、これが酔っているっていうことなのね……こんなに飲んだことがないから、こんな風になるのは初めてなの。すごくいい気持ち……」

エステルが嬉しそうにすると、ジェロームは何か考え込んでいる様子だった。

「ジェローム様？」

「……今日は、ここまでにしようか」

「えっ……どうして？」

「酔いが覚めた時に、後悔してほしくないから。エステルが酔っていない時に今と同じ気持ちだったら、また改めて……」

エステルは手を伸ばし、ジェロームに抱きついた。

「そんなのいや……っ」

「エステル……」

「しない方が後悔するわ……だからジェローム様、やめないで……」

エステルは好きな人がいつまでも隣に居てくれるのが、当たり前ではないということを知っている。

だからこそ、先送りにはしたくなかった。

今すぐジェロームが欲しい。絶対に諦めたくない。

『胸をジェローム様のお身体に押し当てるのも効果的だと思いますわ』

そうだわ、胸……！

ポリーヌの言葉を思い出し、エステルはジェロームの逞しい手を掴み、ドキドキと激しく脈を打っている左胸に持っていった。

豊かな胸が、ジェロームの手の平でふにゅりと潰れる。薄い布の上から、彼の温もりが伝わってきた。

「んっ……私は、酔っていても、酔っていなくても、同じだわ……ジェローム様に、もっと触れてもらいたいの……もう、我慢できないの……」

ジェローム様の手が、私の胸に触れている……。

そう意識すると、身体がカッと熱くなった。

「！　エステル……」

「ジェローム様は、したくない？　嫌？」

「嫌なわけがないよ。エステルの胸に、ずっとこうやって触れてみたかった」

胸の上に置かれた手が、自分の意思で動き始めた。エステルの豊かな胸は、ジェロームの指で淫らに形を変えられる。

ジェローム様に、胸を揉まれているわ……！

「あ……っ……ほ、本当……？」

「そうだよ。ずっと……本当にずっとこうやって触れたかったんだ」

ジェロームの手は、大胆にエステルの胸を揉みあげていく。

「ぁんっ……ジェローム……様……んんっ……」

「ああ、こんなに柔らかいんだ。ふわふわで、でも張りがあって、すごく大きい。俺の手って結構大きい方だと思うんだけど、俺の手からはみ出るぐらいだ。こんなに大きく成長したんだね」

「は、恥ずかしいわ……ぁ……っ……んんっ……身長は伸びなかった……のに……んっ……ここだけ、大きくなって……」

いつもサンドラに「胸が大きいと、下品に見えるわね」「そういうことが好きないやらしい女みたい」などと言われ続けていたので、エステルは自分の胸があまり好きではなかった。

「恥ずかしくなんてないよ。とても魅力的な胸だ」

「え……本当……に？　ジェローム様……は、大きい胸、嫌いじゃない？」

「嫌いなんかじゃないよ。俺はエステルの胸が大好きだよ。エステルの胸なら、大きくても、小さくても、なんでも好きなんだ。俺はエステルが大好きだから」

「……っ……ン……嬉し……っ……ぁんっ……あぁ……っ」

揉まれるたびにお腹の奥がゾクゾクして、膣口から新たな蜜が溢れているのがわかる。すると胸の先端がツンと起《た》ち上がるが、エステルはそのことに気が付いていない。

「乳首……尖《とが》ってきたね」

「え……？」

主張を始めた先端を指の腹で擦られると、とてもくすぐったくて大きな声が出た。そこで初めて、エステルは自分の胸の先端が尖りきっていることに気が付く。

「や……んっ……！」

「乳首、触られるの嫌だった？」

胸の先端を指先で擦りながら、ジェロームは耳元で尋ねてくる。

「ん……っ……や……じゃない……わ……くすぐったくて……んっ……ぁ……んんっ」

「よかった。じゃあ、たくさん触らせて……」

尖った先端を撫でられたり、抓まれたりしているうちに、くすぐったさが気持ちよさに変わってきた。

「あんっ……んっ……ぁ……んっ……んっ……ぁ……っ」

身悶《みもだ》えを繰り返すエステルのナイトドレスは乱れ、今にも胸はこぼれそうで、ドロワーズが露わになっている。

そんな扇情的な姿を見て、ジェロームはお腹を空《す》かせた肉食獣のように、ごくりと喉を鳴らした。

ジェロームが胸から手を離し、少し身体を起こす。

もう、終わり……？　やっぱりやめてしまうの？

気持ちよさのあまり、いつの間にか目を瞑っていたことに気が付いたエステルは、目を開いてジェロームを見た。

「ジェローム……様？」

嫌よ……やめないで……。

エステルが潤んだ目で縋《すが》るように見つめると、ジェロームがナイトドレスのリボンに手をかけた。

「脱がせてもいい？　エステルの裸が見たいんだ」

恥ずかしさと、そう思ってくれる嬉しさが同時にやってくる。

「ええ……もちろんよ。ジェローム様が好きなようにして？」

「ありがとう。ああ、夢みたいだ……」

ジェロームはエステルの唇を吸いながら、ナイトドレスのリボンを解き、ボタンを外していく。

いつもは何とも思わない衣擦《きぬず》れの音がとても扇情的に感じられて、エステルの心臓は壊れそうなほど高鳴っていた。

ナイトドレスが白い肌を滑り落ち、ぐっしょりと濡れたドロワーズをずり下ろされた。一糸まとわぬ姿になったエステルは、ジェロームの情熱的な視線を浴びる。

あ、ら……？

脱がされたらすぐに触れられると思ったのに、ジェロームは見ているだけで指一本触れてこようとしない。

「ジェローム……様？」

どうしたのか不思議に思って名前を呼ぶと、ジェロームはハッと我に返った様子で、照れ笑いを浮かべた。

「あまりに綺麗だから、見惚れていたんだ」

「……っ……は、恥ずかしいわ……あの、あんまり見ないで……？」

「恥ずかしがるエステルも可愛い……もっと見たい」

「そ、そんな……」

両手を交差して胸を隠しても、豊かな胸はあちこちから零《こぼ》れて少しも隠せていない。ジェロームはエステルから目を離さないまま、自身のシャツを脱いだ。

エステルのことを脱がせる時はとても丁寧で、まるで壊れ物のように扱ってくれたのに、自分のシャツを脱ぐ時はとても乱暴だった。

ジェローム様の裸……！

エステルは夜の作法も令嬢教育の一環として知識を身に着けている。

男性の裸を見るのは、はしたないことだ。目を逸《そ》らすようにと教わっていたが、愛おしい人の身体を目の前にして、そんな勿体ないことはできなかった。

逞しい胸板に、割れた腹筋、鍛え抜かれた肉体美から目が離せない。二人はお互いの身体を見つめ合い、興奮を高めていた。

なんて綺麗なのかしら……。

「エステル、どうしたの？　あ……怖がらせたかな。シャツを着たままの方がいい？」

ジェロームがシャツに手を伸ばしたのを見て、エステルは慌てて首を左右に振った。するとさらに酔いが回って、クラクラしてくる。

「違うの！　着ないで……怖くなんてないわ。とても綺麗な身体だから、見惚れてしまっていたの……あの、はしたなくて、ごめんなさい」

「ちっともはしたなくなんてないよ。それに嬉しい……俺も、エステルの綺麗な身体に見惚れていた」

ジェロームの大きな手が、今度は直にエステルの豊かな二つの胸を包み込んだ。

「ぁ……っ」

布越しに触れられるのも気持ちよかったけれど、直に触れられるのは、それ以上の快感だった。

「柔らかくて、でも、張りがあって……とても不思議で、素晴らしい感触だ。ずっとこうして触れていたくなるよ」

「ん……っ……そう、なの……？」

自分にとっては当たり前のものだから、いまいちピンと来ていないが、大好きな人にそう思ってもらえるのは嬉しい。

「ああ、そうだよ。それに、なんて綺麗なんだろう。雪のように白くて、ここは可愛いピンク色だ……こんなにも愛らしいピンク色が、この世にあったなんて……」

ジェロームは恍惚《こうこつ》とした表情で豊かな胸を揉み抱き、根元から立ちあがった先端をペロリと舐めた。

「ひゃんっ！　……あ……ジェローム様……そ、そこ……」

「乳首を舐められるのは嫌だ？　やめてほしい？」

胸の先端を弾くように舐めながら尋ねられ、エステルは甘い声を上げながら、首を左右に振った。

「や……じゃない……わ……ぁんっ！　き、気持ち……ぃ……っ……の……あぁ……っ……やめ……っ……ないで……っ……」

身悶えしながら必死に言葉を紡ぐと、ジェロームの舌の動きが、どんどん遠慮のないものになっていく。

「よかった。もっと気持ちよくしたい……エステルの可愛い乳首、もっと舐めさせて……もっと……」

弾くように舐められていたかと思えば、キャンディを味わうようにねっとりと転がされ、時折、唇に挟んでチュッと吸われた。

「ぁんっ！　あぁ……っ……ジェローム……さ、ま……ぁんっ！　あぁ……っ……んっ……や……んんっ！」

未知の刺激が次々と襲ってきて、エステルはあまりの快感に首を左右に振り、大きな嬌声《きょうせい》をあげて激しく乱れた。

「ん……こうして弄《いじ》っていると、どんどん硬くなっていくね。可愛いな……ずっとこうして可愛がりたい……」

硬くなっていくと同時に、感度が上がっているような気がする。

ああ、気持ちよすぎて、おかしくなってしまいそうだ。

口から零れる甘い声は、自分のものとは思えないほどのいやらしい声だった。しかし、酔っているエステルは、それを恥ずかしいとは思う思考は残っていない。

ジェロームは右胸の尖りをねっとりと舐めあげながら、左胸の尖りを指の腹で円を描くように撫でる。

同時に二つの性感帯を可愛がられたエステルの膣口からは甘い蜜がとめどなく溢れ、シーツを濡らしていた。

「ぁ……っ……んんっ……は……んぅ……っ」

「エステル……ああ……可愛い……なんて可愛いんだ……こうしていると、興奮しすぎて達ってしまいそうだよ……」

次から次へと休みなく与えられる快感で、ただでさえ酔って働かない頭が、よりぼんやりしてくる。

なんて気持ちがいいの……。

許されることなら、ずっとこうしていたいと思ってしまう。

胸の先端をたっぷりと味わったジェロームは身体を起こすと、エステルの足を左右に開いた。

とろけて力が入らないエステルの足は、少し力を入れるだけで簡単に開く。

「あ……っ」

開かれると同時に、膣口から新たな蜜がトプリと溢れた。

「これが、エステルの……ああ、なんて綺麗なんだ……」

秘所に情熱的な視線を感じ、エステルはぼんやりしながらも、羞恥で頬を真っ赤に燃え上がらせた。

「や……そんな、とこ……見ないで……」

「そんな意地悪言わないで？　ずっと見たかったんだ。だから、よく見せて……」

長い指が花びらを広げ、慎《つつ》ましく隠れていた蕾《つぼみ》が露わになる。

「んっ」

広げられる感触すら、敏感になっている身体は、快感として受け止めてしまう。

「可愛い……世界で一番可愛い色は、エステルの乳首の色だと思っていたけれど、こちらのピンク色もとても可愛いよ」

溢れていた蜜を指先に取り、誘うようにヒクヒク疼《うず》いていた蕾を撫でた。

「ひぁん……っ！　ぁ……っ……や……そこ……」

そこに触れられた瞬間——今までで一番強い快感が訪れ、エステルはビクリと身体を震わせ、大きな嬌声を上げた。

「ここ、どうかな？　気持ちいい？」

そこを小鳥の頭を撫でるように触れられると、頭がおかしくなりそうなほどの強い快感が襲ってくる。

「あぁ……っ！　気持ち……ぃ……っ……あっ……あぁっ」

「可愛い……ああ、どんどん溢れてきた」

指が蕾を弄るのをやめてしまうと、切なくておかしくなってしまいそうだった。

「ん……っ……やぁ……」

やめないで……もっと……もっとしてほしい……。

エステルは強請《ねだ》るように、腰を左右に揺らす。はしたない動きに違いない。でも、ジッとしていられなかった。

「こぼれてしまうのは、勿体ないね」

勿体ない……？　何が……？

あまりの切なさに瞳を潤ませていると、ヌルリと温かいものが花びらの間を撫でた。

「……っ……ぁ……!?」

こ、この感触って——……！

「ああ……なんて可愛いんだろう……」

その正体がジェロームの舌だと気付くのに、時間はかからなかった。

「や……そ、そんな……とこ、舐めちゃ……だめ……あっ……あぁんっ！　や……だめ……っ……そんな……っ……あっあっあっ……」

「こうすれば、こぼさずに済むね」

「や……だめ……待って……あぁっ……！」

指で弄られるのとは別の快感が襲ってくる。柔らかな舌で敏感な蕾を舐め転がされるのは、あまりにも甘美だった。

「エステルの蜜、美味しいよ。甘くて、興奮する味がする」

「ん……っ……やぁ……っ……そんなの、美味しいわけ……ぁっ……あぁんっ……や……っ……んぅ……っ……ぁあっ」

長い舌が別の生き物のように動き、敏感な蕾を可愛がる。ヌルヌル動くたびに頭の中が真っ白になりそうなほどの快感がやってきた。

「エステル、どうかな？　気持ちいい？」

「んぅ……き、もち……ぃっ……気持ちい、ぃの……ジェローム様……っ」

溺れそうなほど与えられる強い快感をどう受け止めていいかわからなくて、エステルはシーツをギュッと強く握りしめた。

「嬉しいよ……ああ、エステルとこんなことができるなんて、夢のようだ……」

唇で挟まれて軽く吸われ、膣口から蜜が溢れるたびに長い舌ですくって、じゅるじゅるすすっていく。

あまりの強い快感に、自分が自分じゃなくなりそうで怖い。でも、やめてほしくはなかった。

自分じゃなくなってもいいから、もっとこの快感を味わいたい。

もっと……もっと、してほしい……。

甘い快感を与えられ続けているうちに、足元からゾクゾクと何かがせり上がってくるのを感じる。

あ……っ……な……何？　何かが、来る……！

それが上がってくるたびに、とても気持ちがいい。もっと上にきたら、どうなってしまうのだろう。

少しだけ怖いけど、知りたい――。

「んん……っ……ぁ……き、ちゃう……あっ……あっ……あぁぁぁ！」

膝辺りにあった何かが、一気に頭の天辺《てっぺん》まで突き抜けていった。肌がブワリと粟立《あわだ》ち、あまりにも強すぎる快感が、大きな波のように押し寄せてくる。

気持ちよすぎて、もう駄目……！　おかしくなってしまうわ……！

エステルは身体をビクビク引き攣らせ、初めての絶頂に達した。ジェロームは顔を上げると、彼女の絶頂に痺れる様子見て、恍惚とした表情を浮かべる。

「ああ……エステル、なんて綺麗なんだろう。触れられるのも、そんな表情を見ることができるのも嬉しい……夢のようだよ」

「ん……ぅ……っ……ジェローム様……私も……」

エステルは力の入らない両手を上げ、子供が親に抱っこを強請るような格好をすると、ジェロームが強く抱きしめてくれる。

こんな幸せが訪れるなんて、本当に夢みたいだわ……。

「ジェローム様……好き……大好き……」

「俺も大好きだよ。エステル……」

ジェロームはエステルの唇を吸いながら、ヒクヒク収縮を繰り返す膣口に、長い指をゆっくりと埋めていく。

「ん！　……んぅ……」

ジェローム様の指が、私の中に……！

「ぁ……ジェローム……様……っ……何を……んっ……」

エステルが戸惑っている間に、長い指は根元まで埋まっていた。初めての侵入者に、蜜壺が驚いたようにギュゥッと締まる。

「ここに俺のが入るように、指で慣らさないといけないんだ。痛いかな？」

「ん……っ……な、なんだか、変な……感じがする……けど……平気よ……」

「よかった。じゃあ、動かすよ」

「う、動かす？　ぁ……っ」

中に入っている指を引き抜かれ、完全に抜けそうになる手前になると止まり、また奥まで入れられた。

「ん……ぁ……っ……」

まるで内臓を弄られているような感じだった。指を引かれると肌が粟立ち、埋められると圧迫感がやってくる。

「んぅ……っ」

「辛い？」

「大丈夫……んんっ……」

とても変な感じだ。胸の先端や花びらの間を可愛がられている時には、直接的な快感がやってきた。でも、ここは違う。

私の中をジェローム様が弄っている……。

まだ、気持ちよさは感じないが、自分の中を好きな人に弄られる行為は、エステルにとてつもない興奮を与えていた。

また新たな蜜が溢れてきた。指が動くたびにグチュグチュ淫らな音が響き、ますます昂《たかぶ》ってしまう。

「エステル、頑張ってくれてありがとう」

頭を撫でられると、心地よくてため息がこぼれた。

エステルにとって頑張ることは当たり前だった。だから、こんな風に感謝されることに慣れていない。

くすぐったくて、嬉しくて、癖になりそうな感覚だ。

幸せ……。

「エステルの中、フカフカしていて、あったかいよ。入れたらすごく気持ちよさそうだ」

「ん……っ……早く……来て……気持ちよくなって……」

「ありがとう。でも、もう少し慣らさないと……」

「あっ……」

さっきまで違和感しかなかったのに、時間が経つにつれて快感が生まれてきた。指がある一部分に当たると、甘く痺れる。

「！　ぁ……っ……そ、こ……」

「もしかして、ここが気持ちいい？」

弱い場所をグッと押され、エステルは甘い声を上げた。肉襞《ひだ》がギュッと収縮し、長い指を強く締め付ける。

「ぁんっ！　……っ……そ……そこ……ん……っ……気持ち……ぃ……っ……」

息を乱しながら必死に伝えると、ジェロームは宝物を見つけた子供のように、金色の瞳を輝かせた。

「そうか、エステルの気持ちいいところが見つけられて嬉しいよ」

何度もそこを押され、エステルはビクビク身体を震わせる。もうさっきまであった違和感はどこかへ行き、快感で溺れそうだった。

「んっ……はぁ……んん……ぁっ……んんっ……」

溺れてしまわないように、エステルはジェロームの身体を必死に掴む。

「こっちも一緒に気持ちよくしようか」

「こっち……？　ぁ……っ」

ジェロームの親指が、敏感な蕾を撫で始めた。

「あんっ！　ぁ……っ……ぁっ……一緒……にだなんて……あぁっ……んっ……お、おかしくなっちゃ……」

「それから、こっちも……」

胸の先端をしゃぶられ、エステルの眦からは涙が零れる。

悲しい時と嬉しい時以外にも、涙が出ることがあるのね……。

気持ちよすぎて、次から次へと溢れて頬を伝う。

胸の先端をしゃぶりながらエステルの表情を見ていたジェロームは、そのことにすぐ気が付いた。

「エステル、どうして泣いているの？　嫌だった？」

「違うの……気持ち……よ……すぎて……」

エステルは首を左右に振って、必死に言葉を紡いだ。

口から出る言葉すべてが、喘《あえ》ぎ声になってしまいそうだ。喘ぎを我慢すると大きな声が出そうで、短い言葉を話すのですら大変だった。

「そっか、嬉しいよ。エステル……」

悲しみの涙ではなく、歓喜の涙だったことに安心したジェロームは、遠慮なくエステルの性感帯を可愛がり続けた。

「ぁっ……ぁっ……んんっ……ひぁんっ！　気持ち……ぃっ……ジェローム……さまっ……んっ……気持ちぃぃ……のっ……」

快感を与えられ続けているうちに、また足元からゾクゾクと何かがせり上がってくるのを感じた。

あ……また、さっきのが、くる……！

「ん……エステル、また、達きそうかな？　中がギュッギュッて動いて、俺の指を締め付けているよ」

達きそう――というのは、さっきみたいに、すごく気持ちよくなることなのだろう。

エステルはジェロームの逞しい胸板に顔を埋め、必死に頷いた。

「ふふ、嬉しいな……エステル、気持ちよくなって」

ジェロームは嬉しそうに微笑むとエステルの頭を優しく撫でると、彼女の中に弱い場所、興奮で膨らんだ蕾、根元から尖りきった胸の先端を同時に刺激し続ける。

「ん……ぁ……っ……きちゃう……ジェローム様……また……んっ……わ、私……あっ……ああっ！」

ジェロームの長い指を絞るように締め付けながら、エステルは二度目の絶頂に達した。

頭が、真っ白……何も考えられないわ。

「達ってくれたね。俺の指で気持ちよくなってくれて嬉しい」

息を乱すエステルの唇をちゅ、ちゅ、と吸い、ジェロームは蜜壺の中から指をゆっくりと引き抜いた。

先ほどまで中に指を入れられると違和感があったけれど、今では引き抜かれるのが名残惜しくて膣口がヒクヒク疼く。

ずっと、あのまま入れていてほしかった……。

エステルはぼんやりする頭で、そんなことを考えてしまう。

「そろそろ、大丈夫そうだね」

大丈夫そうって、何のこと?

ジェロームは下履きを脱ぐと、エステルの上に覆《おお》い被《かぶ》さった。膣口に彼の分身を宛《あて》がわれたことで、エステルはようやく言葉の意味を理解する。

あ……私、とうとうジェローム様と……!

初めては痛いと聞くが、彼と一つになることができる嬉しさが上回り、恐怖は感じなかった。期待で胸がいっぱいだ。

「エステル、入れるよ」

「ええ、来て……」

とうとう私、ジェローム様と……!

ジェロームの背中に手を回し、彼が入って来てくれるのを待つ。

「……っ……ぁ……っ……痛……っ」

ゆっくりと押し広げられていくと、痛みが走った。想像していたよりも強い痛みで、とろけていた身体が一気に強張《こわば》る。

こんなに、痛いなんて……！

我慢できないほどの痛みではないけれど、この痛みをどう受け止めていいかがわからない。呼吸が浅くなって、指先が冷えていく。

「やっぱり痛むかな？」

「だ、大丈夫……」

これを乗り越えないと、ジェロームと一つにはなれない。耐えなければ……。

「ごめん。なるべく早く終わらせるから」

「ん……っ……平気……」

ジェロームに心配をかけたくなくて笑顔を作ろうとするが、どうしても表情が作れない。

ギャツビーと婚約していた時は、どれだけ辛くても笑みを浮かべるのは得意だった。でも、今のエステルにはそんな余裕は髪の毛一本分すら残っていない。

「俺の前では、気を使わなくていいんだよ」

ジェロームはエステルの頬を優しく撫でた。

ああ、そうだわ……。

昔から、ずっとこうだった。ジェロームはありのままのエステルを受け入れてくれる。彼のそういうところが大好きなのだ。

「……っ……本当は……ね。すごく、痛い……」

「そうだよね。ごめん」

「で、も……ジェローム様と一緒になりたいから……我慢……できる……わ……」

「うん、ありがとう。……それから、本当のことを教えてくれてありがとう」

今度は頭を撫でられた。胸の奥が温かい何かで満たされていく。

「ん……」

ありのままの自分を、取り繕わない言葉を受け入れてもらえるというのは、なんて幸せなことだろう。

「続き……して……？　私、頑張れる、から……」

「わかった。じゃあ、ゆっくりするから」

ジェロームはエステルが痛みで顔を歪ませると進めるのを止め、また我慢できそうになったら進めていく。

「ん……ぅ……い、痛……っ……ひぅっ……い、今……どれくらい……？」

「半分ぐらい……かな」

「まだ……半分……こ、こんなに……痛いのに……？」

「そうなんだ……ごめんね……」

痛いし、辛い。でも、痛みを感じている間、優しく頭を撫でられてもらえるのはとても幸せで、彼に与えられる苦痛なら、どんなものでも耐えられる気がした。

灼熱《しゃくねつ》の欲望は、とてもゆっくりであったが、着実にエステルの膣襞を押し広げていく。そしてとうとう最奥にぶつかると、エステルの中に一際強い痛みがやってくる。

「ん……ぁ……っ……」

「エステル、最後まで入ったよ。偉かったね」

偉かった——甘美な響きに、胸の奥が震える。

「……もっと」

「ん？」

「もっと言って……？」

「ふふ、何度でも言うよ。エステル、偉かったね。エステルは誰よりも偉いよ」

「……っ……頑張ったの……すごく……だから、口付けも、して……？」

「もちろんだよ。俺の可愛いエステル……エステルの望みなら、なんでも叶《かな》えてあげるよ」

口付けを落とされると、気持ちよくてため息が零れる。

「動いても大丈夫そう……かな?」

「ええ……大丈夫よ。さっきまでジェローム様がたくさん気持ちよくしてくれたから、我慢できるわ……」

「わかった。ありがとう」

ジェロームはエステルの唇を吸いながら、ゆっくりと腰を動かし始めた。

「ひぐ……っ……ん……ぁ……っ……ん……」

何これ……さっきよりもずっと辛いわ……!

痛みと内臓が引きずり出されそうな感覚があって、とても辛い。あまりの痛みに呼吸を忘れ、苦しくなったところでようやく思い出して吸い込む。

こんな痛みと辛さは、生まれて初めて。そして今までの人生で感じた痛みの中で、間違いなく一番の痛みだ。

でも、気持ちよさそうにしているジェロームの顔を見ていたら耐えられた。

「エステル……辛いね……痛みを……代わってあげられたらいいのに……痛い思いをさせて、ごめんね……」

ジェロームに謝られると、胸が痛くなる。

そんなお顔をしないで……ジェローム様は、少しも悪くないのに……。

「……っ……駄目……嫌よ……んっ……私、ジェローム様……に痛い思い……させたく……ない……わ……っ」

「エステルは、本当に優しいね……」

優しいのは、ジェローム様の方だわ。

「口付け……して……？　いっぱい……して……」

「もちろんだよ」

口付けをしながら、ジェロームは腰を動かし続ける。唇を塞がれたことで、先ほどよりも息苦しさが増す。それでも、やめてほしくなかった。

窒息しても、口付けしていてほしい。

ジェロームの情熱を擦り付けられているうちに、辛い痛みが鈍痛に変わってきた。

「エステル……あと少し……もう少し、だ……」

何が……もう少し、なの……？

意味がわかっていないけれど、エステルは涙を浮かべながら頷いた。ジェロームの動きが絶頂に向けて激しくなっていくと、また痛みが強くなっていく。

「ん……ぁ……っ……んぅ……っ」

「ああ……エステル……エステル……」

頬を紅潮させ、息を乱しながらエステルの名前を呼ぶジェロームは、いつにも増して色っぽい。

エステルは痛みに耐えながら、そんな彼の表情を目に焼き付けようと、痛みのあまり閉じてしまいそうになる目を必死にこじ開けた。

こんなジェローム様を見ることをできるのは、私だけ——……。

独占欲が満たさて、お腹の奥がゾクゾクする。

「ああ……もう……達くよ……エステル……外に、出す……から……」

外……？

何が外に出すのかわからないけれど、ジェロームのすることに間違いはない。エステルはすぐに頷いた。

ジェロームは欲望を引き抜いて身体を起こすと、自身の脱ぎ捨てたシャツを掴み、そこに熱い情熱を放った。

何が……起きたの？

「今、子供が出来たら大変だからね」

「あ……」

子種をエステルの中ではなく、外に出したのだということにようやく気付く。

「そ……そう、よね……」

「エステル、頑張ってくれてありがとう。痛い思いをさせてごめんね……」

再びエステルの上に覆い被さったジェロームは、彼女の髪を撫でながら優しく口付けをする。

汗ばんだ額や頬を撫でられると、心地よくて堪らない。

エステルの胸の中は、生まれて初めて満ち足りていた。

それどころか温かい何かが溢れてしまいそうで、自分がこんな気持ちを抱いていることをジェロームに伝えたいのに、言葉にするのは難しくてできそうにない。

ああ、幸せ……なんて幸せなの……。

自分の心の中を覗《のぞ》いてもらえたらいいのに。そうしたら、この気持ちを知ってもらうことができるのに……。

「ん……っ……んん……」

口付けをするのに目を瞑っていると、強烈な眠気が襲ってくる。

こんな素敵な日に、途中で眠るのは勿体ない。

なんとか抗《あらが》おうとしたが、酔っていることもあり、エステルは途中で意識を手放してしまった。

「エステル……?」

名前を呼んでも反応を見せないエステルを見て、ジェロームは優しく微笑んだ。

「おやすみ……エステル、ありがとう……」

◆◇◆

初めて身体を繋げた翌日の朝、エステルは喉の渇きを感じて目を覚ました。

「うーん……」

身体を起こすと、隣にジェロームが眠っていた。

「……！」

そうだわ。私、昨日、ジェローム様と……。

嬉しさのあまり涙が出てしまう。

私、一体いつ眠ったのかしら。

着替えた覚えがないけれど、エステルはちゃんとナイトドレスを着ていた。ジェロームが着替えさせてくれたのだろうか。

は、恥ずかしいわ……。

生まれたままの姿を見せたとはいえ、やはり恥ずかしい。

それにしても、昨日は酔っていたせいで、随分と大胆なことや恥ずかしいことを言ってしまった。

でも、お酒が入っていなければ、昨夜はあんな雰囲気にもならなかっただろうし、身体を繋げるのは、うんと先になっていたことだろう。

昨日でよかった……だから、お酒を飲んでよかったわ。ポリーヌ様にお礼を言わなくちゃ。後で手紙を書きましょう。

ああ、幸せで、胸の中がいっぱいだ。

本当に、なんて幸せなの……こんなにも幸せでいいのかしら。

涙を拭っていると、ジェロームが目を開けた。

「エステル?」

「あ……起こしちゃってごめんなさい。お水を飲もうと思って……ジェローム様もお飲みになる?」

「俺が注ぐよ」

ジェロームはすぐに身体を起こし、テーブルの横に置いてあった水差しからグラスに水を注ぎ、エステルに手渡してくれる。

「ありがとう」

昨日たくさん声を出したせいで、相当喉が渇いていたみたいだ。口を付けたら止まらなくて、あっという間に一杯飲み干した。

「はあ……美味しい」

今まで飲んだお水の中で、一番美味しい気がする。全身に染み渡っていくみたいだ。

「頭は痛くない？」

「ええ、大丈夫よ。どうして？」

「昨日結構飲んでいたみたいだから、二日酔いになってないかなと思って。身体の調子はどうかな？　痛い思いをさせてごめんね」

「……っ！　え、ええ、大丈夫よ。心配しないで……」

昨日の情事を思い出し、エステルは頬を燃え上がらせた。

まだ、身体中に昨日の感触が残っていて、中はまだ少し痛む。

でも、その感覚がジェロームと一つになったということを一秒たりとも忘れさせることはなく、幸せでもあり、恥ずかしくもなってしまう。

「もう一杯飲む？」

「いえ、もう大丈夫よ」

ジェロームは空になったグラスを受け取ると、エステルの眦に溜まった涙を指で拭った。

「あ……」

「どうして泣いていたの？　酔いが覚めたら、やっぱり後悔している？」

気付かれていたのね。

ジェロームの申し訳なさそうな顔を見て、エステルは慌てて首を左右に振った。

「まさか！　後悔なんて、まったくしていないわ。幸せだなぁと思ったら、涙が出てきたの」

「えっ！　そうだったんだ。そうか、俺はてっきり……」

安堵の表情を浮かべ、気恥ずかしそうに笑うジェロームが愛おしい。

「ええ、そうよ。ジェローム様、私を愛してくれてありがとう」

エステルが抱きつくと、ジェロームは彼女を抱きしめ返した。

「それはこちらの台詞《せりふ》だよ。エステル、愛させてくれてありがとう。すごく可愛かった」

「そ、そんなこと、言わないで……」

「ふふ、どうして？」

「だって……」

どちらからともなく唇を重ね、すぐにその口付けは深くなっていく。

「ん……ぅ……んん……」

お腹の奥が熱くなって蜜が溢れ出し、まだ触れられてもいないのに胸の先端が起ち上がるのを感じた。

　私の身体、どうしちゃったの？　一晩で作り変えられちゃったみたいだわ……。

　ジェロームに気付かれたら恥ずかしい。何か別の話をして、気を紛らわせれば普通の身体に戻れるかもしれない。

「えっと……あっ……私の服……」

「服？」

「ええ。私の服って、ジェローム様が着せてくれたの？」

「そうだよ。裸のままくっ付いて眠るのもいいなぁと思ったけれど、寒いかなと思って着せたんだ」

「あ、ありがとう……でも、恥ずかしいわ」

「ふふ、着せる時、あちこち見た」

「ええっ！」

「乳首の色形とか、臍《へそ》とか、それから……」

「や……っ……い、言わないで。恥ずかしいから……」

　両手で顔を隠しても、恥ずかしさからは逃れられない。

　もう、私ったら、どうして眠っちゃったの？

「ふふ、可愛い」

「ジェローム様ったら、酷いわ……」

「ごめんね。機嫌を直して」

ジェロームはちゅ、ちゅ、とエステルの頬や耳にキスする。

「ん……っ」

先ほどの口付けで火が付いてしまったらしい。秘部が疼いて仕方がない。

もっと、別の話題を選べばよかった……身体が落ち着くどころか、ますます熱くなってきてしまったわ。

エステルがモジモジしていると、ジェロームが膝に触れた。

「あっ」

「お尻をモジモジ動かしてどうしたのかな？」

気付かれていたなんて……！

先ほどとは別の意味で恥ずかしくなり、顔から火が出そうになる。

「そ、れは……あっ」

ジェロームの手が裾から入って来て、花びらの間を直に撫でた。

「……んっ」

布越しに触れられると思ったから、直の刺激と快感に驚いて、エステルは身体をビクッと引き攣らせた。

ドロワーズは穿かせてくれていなかったらしい。恐らく昨日濡れてしまって穿かせられる状態ではなかったのだろう。

「濡れているね。もしかして、今の口付けで？」

「んぁ……っ……は……んんっ……」

敏感な蕾を指で撫で転がされると、頭が真っ白になりそうな快感が襲ってきた。指が動くたびに、グチュグチュ淫らな音が聞こえてくる。

「聞こえる？　この音……全部エステルの音だよ」

「や……い、言わないで……ぁんっ……は……ぅ……っ……んんっ……」

そこをたっぷり可愛がられ、座っていられなくなったエステルは、そのまま後ろに倒れてしまう。

「ふふ、可愛い……」

ジェロームは彼女に覆い被さると、ナイトドレスの裾をめくりあげた。

「あっ」

下腹部を露わにさせられ、エステルは頬を赤く燃え上がらせた。

「昨日たくさん痛い思いをさせたお詫《わ》びに、気持ちよくしたいな」

ジェロームと愛し合うのは嬉しい。誘ってくれるのも、とても嬉しい。でも、今は、とてもじゃないけれど、受け入れられそうにない。

入れられた時の痛みを想像してしまい、エステルは冷や汗をかいた。

ジェロームと愛し合えるのは嬉しいいし、痛みも受け入れられる。でも、今日はさすがに辛くて無理かもしれない。

「あの、な、中が……まだ、少し痛くて……」

痛みを感じている場所が性器なので、口にするのは少し恥ずかしい。

痛いけれど、ジェローム様が、それでもって求めてくださるなら……。

「大丈夫、入れないから安心して」

「え？　それって、どういうことで……きゃっ！」

混乱していると足を左右に広げられ、花びらの間が露わになる。昨日たっぷりと可愛がられたので全体的に膨らみ、赤く染まっている。

「ああ、本当に綺麗だ。昨日、俺がたくさん触ったからかな？　昨日見た時よりも、赤みが増しているね」

「や……っ……見ないで……」

酔った状態でも恥ずかしかったのに、素面《しらふ》の今はさらに恥ずかしくてどうにかなりそうだった。

「ふふ、嫌だ。もっと見たい」

「〜〜……っ」

「それに、なんだか濡れているね。昨日終わった後に拭いたから、これは今、溢れたのかな？　口付けで濡れたの？」

「し、知らない……」

恥ずかしさに耐えられなくなって目を逸らすと、長い舌が花びらの間をねっとりとなぞってきた。

「ぁ……っ」

甘い快感がやってきて、エステルはビクッと身体を震わせる。

「今日は入れたりなんてしないから安心して。今日はエステルだけ気持ちよくなってもらうだけだよ」

唇を吸う時のように花びらを食《は》まれ、キャンディを味わうように敏感な蕾をしゃぶられたエステルは、押し寄せる快感に悶《もだ》えた。

「は……んんっ……ぁ……っ……あぁ……っ」

「エステル、気持ちいい？」

「気持ち……ぃ……っ……で、でも……こんな……私だけ気持ちよく……んっ……してもらうなんて……」

「いいんだよ。俺はエステルが俺の愛撫《あいぶ》で感じているところを見たいんだ。だから、たくさん気持ちよくなって」

「で、も……あっ」

エステルの視線の先には、大きくなっているジェロームの欲望があった。

ジェローム様の……こんな形をしているのね。それに、大きいわ……。

こんなに大きいものが入ったのだから、痛くて当然だと納得した。むしろよく入ったと思う。人体の神秘だ。

「どうしたの？」

ジェロームに尋ねられたことで、まじまじと見てしまったことに気付く。

は、はしたないって思われちゃったかしら……。

「そ、その……お、大きくなっているわ……男の人は、大きくなったままだとお辛いって……授業で習ったわ……」

だから、妻となる女性は、夫に求められた時には、必ず受け止めなければならないと教わってきた。

「大丈夫だよ。エステルは何も心配しないで、ただ、気持ちよくなることを考えて」

敏感な蕾を小刻みに吸い上げられ、頭が真っ白になっていく。

「ぁっ……ぁっ……あぁんっ……ジェローム……さ、ま……っ……んっ……あぁっ……」

このまま快感に身を任せたくなるけれど、エステルは髪の毛一本ほどの理性をなんとか奮い起こした。

ううん、駄目よ。エステル、自分だけ気持ちよくなるだなんて……。

「可愛い……エステル……なんて可愛いんだろう……」

「んんっ……待って……ジェローム様……わ、私も……ジェローム様を気持ちよくしたいの……お願い……」

首を左右に振りながら懇願すると、エステルの秘部を味わっていたジェロームが身体を起こした。

「エステルは優しいね。じゃあ……一緒に気持ちよくなろうか」

ジェロームはエステルの手を取ると、自身の欲望を握らせた。

「あっ」

熱くて、硬い――これが、ジェローム様の……。

ドキドキして、お腹の奥がますます熱くなるのを感じる。

「ど、どうすれば……気持ちよくなれる？」

「上下に扱《しご》いてくれる？」

「こ、こう……？」

恐る恐る手を動かすと、ジェロームが小さく声を漏らし、ビクリと身体を揺らす。

「んっ……」

「あ……っ……違った？」

「ううん、合っているよ。気持ちいい……」

「ほ、本当に？」

さらに手を動かすと、ジェロームが息を乱す。

「うん、すごく……」

私、ジェローム様を気持ちよくできているのね……！

エステルは飛び上がりたくなるほど嬉しくなり、夢中になって手を動かす。

しかし、ジェロームの指が花びらの間を滑ると、襲い掛かってくる快感に負けて、手の動きが疎《おろそ》かになってしまう。

「ぁ……んんっ……ま、待って……これじゃ……で、できな……ぁっ……んっ……や……ジェローム様、待って……」

「ふふ、待たない」

「やぁ……意地悪……しないで……っ……あぁんっ！　あぁ……っ」

エステルはジェローム欲望を掴んだまま、ほとんど手を動かせない。それでもジェロームは満足そうだ。

エステルは早朝から何度も絶頂へ押し上げられ、起きてくることができたのはお昼を過ぎてからだった。

ギャツビーの婚約者になってからというもの、早朝から王子妃になるための勉学に励んでいた。

現在もその習慣が抜けずに早朝から活動していたエステルにとって、それはとても悪いことのように感じ、そしてそれはとても甘美に感じた。

第三章　幸せに忍び寄る黒い影

「エステル、本当に痛まない？」

「ん……っ……大丈夫……よ……心配しないで……」

初めて愛し合ってからというもの、エステルとジェロームは毎夜のように眠る前、身体を重ね合っていた。

ジェロームを受け入れると痛んでいた中は、回数を重ねるたびに痛みは薄れ、とろけるような快感を覚えられるようになっていた。

「よかった……エステルの中、気持ちいいよ……」

「ん……っ……嬉しい……私も……気持ちいいわ……それに幸せなの……」

「俺もだよ。ずっと、こうしていたい……愛しているよ。エステル」

ジェロームはエステルの唇を奪うと、激しく突き上げる。

エステルが痛みを感じなくなったのが分かった段階で、ジェロームが激しく突き上げてくるようになった。

今まではエステルのために我慢してくれていたのだ。そのことに気が付いた彼女は、ますますジェロームへの想いを深めた。

愛し合った後、エステルはすぐに眠ってしまうことが多かったけれど、起きていられる時はジェロームと眠るまで話すのが、彼女の幸せな時間だ。

「エステル、明日は本当に大丈夫？」

「王城の舞踏会？　大丈夫よ」

「ギャツビーとサンドラも出席するだろうし、ギャツビーに婚約破棄されたことや、俺と婚約したことをあれこれ言う者もいると思う。エステルが嫌な思いをしないか心配なんだ……」

「大丈夫よ。貴族である以上、いつまでも社交界を避けてはいられないもの。遅かれ早かれ、顔を合わせる時期は来るんだし、それに私、陰口なんて気にしないわ」

エステルにとって辛いのはただ一つ、ジェロームと離れることだけだ。

「エステル、強くなったね」

ジェロームが優しく頭を撫でてくれる。こうしてもらえるなら、どんなことだって耐えられると思う。

「一人で泣いていた私を、ジェローム様が励ましてくれたからだわ。それに私ね……」

「うん？」

エステルはジェロームに抱きつき、首筋に頬ずりをする。

「ジェローム様と踊るのが夢だったの。だから、夢が叶いそうで、とっても嬉しいのよ」

「俺もだよ。エステル……ああ、明日は体力を使う一日になりそうだから、ゆっくり休ませてあげたいのに、また愛したくなる……」

「私、体力には自信があるわ。それに舞踏会は夜よ。だから……ね？」

エステルに甘い声で誘われたジェロームは、再び彼女を求めた。


翌日の夜、エステルとジェロームは二人で王城を訪れた。

頭上のシャンデリアが星空のように輝き、美しく着飾った貴婦人たちは、まるで色とりどりの花のようだ。

「見て、ジェローム様とエステル様よ」

「兄妹で婚約か……元からそういう仲だったんじゃないか？」

「離れて暮らしていたそうよ。ジェローム様は屋敷に出入りすることも禁止されていたそうだし」

「そういうことがあったから、出入り禁止になったんじゃないか？　それにしても、よくこの場に出てこられたな……」

予想通り二人は好奇な目に晒《さら》されることになったが、何も気にしていなかった。

「エステル、すごく綺麗だよ」

「ありがとう。ジェローム様もとても素敵だわ。この瞬間を絵に残しておけたらいいのに……お部屋に飾って、毎日見ていたいわ」

「自分の絵に嫉妬してしまうから駄目だよ」

ギャツビーとパーティーに出席する時、エステルはいつも作り笑いをしていた。でも、今は自然と笑顔がこぼれる。

ダンスも苦痛で仕方なかった。

ギャツビーと身体を寄せるのも、手や腰に触れられるのも嫌で、毎回鳥肌が立っていた。オーケストラの音楽が流れるだけでも暗くなっていたのに、今は違う。

ジェロームと見つめ合うと胸がときめき、身体を寄せるのは心地よくて、触れられるのはドキドキする。うまく踊れると「きゃあ！」と声をあげて、喜びたくなる。

ああ、ずっと踊っていたいわ……。

「エステルは、こんなにダンスが上手だったんだね。驚いたよ」

「ふふ、たくさん練習したもの。でも、ジェローム様と踊れるなんて本当に嬉しい」

「俺もだよ。ダンスが楽しいと思ったのは初めてだ」

「私も！　ずっとダンスが嫌いだったの。でも、今初めて楽しいと思ったわ。この前も言ったけど、ジェローム様と踊るのが夢だったの……叶って嬉しいわ。私、幸せ……」

周りの声なんてお構いなしと言った様子でダンスを楽しむ様子の二人を見て、周りの声がだんだん変わっていく。

「エステル様があんなに幸せなお顔をしているのは初めて見ましたわ。いつもお綺麗ですが、人形のように張り付いた笑い方をなさっていましたから……」

「ジェローム様もだ。職業柄もあると思うが、いつも厳しく表情が変わったことのないお方だったからな。あんな風に笑えるとは驚いた」

「なんだか、ギャッツビー王子と一緒にいる時よりも幸せそうね」

「ああ、そうだな。まあ、ギャッツビー王子も愛する方と一緒になれたことだし、ハッピーエンドということでよかったんじゃないか？」

「そうね。お互い幸せになれたなら、それは素晴らしいことだわ」

そんなエステルとジェロームを忌々しそうに見ている者がいた。

「なんだ、あれは……」

ギャッツビーとサンドラだった。

「……っ……ギャツビー王子、わたくしたちも踊りましょうか」

ギャツビーはイライラした様子で、手を伸ばしたサンドラの手を跳ねのけた。

「触るな！」

「きゃ……っ」

その様子を見た周りがざわめく。

「ダンスなんて馬鹿馬鹿しい！　誰か違う奴《やつ》と踊れよ！」

ギャツビーは使用人にワインを持って来させると、グッと一気に煽《あお》り、ホールから出て行った。

「どうしたのかしら」

「エステル様の幸せそうなご様子を見て、嫉妬されたのでは？」

「でも、どうしてギャツビー王子は、エステル様ではなく、サンドラ様を選ばれたのだろうな。エステル様の方がどこを取っても上だろう」

「シッ！　聞こえたら大変よ」

サンドラの耳にはしっかり届いていて、陰口を叩く者を睨みつけた。

「なんなのよ……みんなして、エステル、エステルって……！」

時間をかけすぎたわ。早く戻らなくちゃ……！

王城で行われた舞踏会を抜け、化粧室に来ていたエステルは、少しだけ早歩きでホールを目指していた。化粧や髪型を直すのに時間がかかりすぎた。

以前までなら、そういったことは必要最低限にしていたが、ジェロームに可愛いと思ってもらいたくて、つい時間をかけてしまった。

ジェローム様、心配していないかしら……。

「エステル」

嫌悪感を覚える声に名前を呼ばれ、心臓がドクンと嫌な音を立てた。

この声は――……。

振り返ると、そこにはギャツビーが立っていた。

あら……？

いつもより顔色が悪い気がする。

ギャツビーは腕を組み、自身の腕を人差し指でトントン叩いていて落ち着きがない。苛立《いらだ》っているのが一目見てわかった。

ああ、話しかけられるなんて、ついてないわ。

「ギャッビー王子、ごきげんよう」

エステルはドレスの裾を持ち上げ、片足を引いて挨拶をした。

「おい、なんだ。あの手紙は」

「手紙、ですか?」

「忘れたとは言わせないぞ。愛妾にならしてやってもいいという手紙の返事だ」

エステルはあの手紙に「せっかくのお誘いですが、辞退させていただきます」と送った。

本当なら「ふざけないで」と書きたいところだったが、立場上感情のまま伝えるわけにはいかないので、グッと堪えたのだ。

「はい、辞退致しましたが、それがどうかなさいましたか?」

そう答えると、ギャッビーが鼻で笑う。

「……ふん、この僕が、せっかく譲歩してやったのに、お前は相変わらず馬鹿な女だな。どうせ、サンドラへの意地で承諾できなかったんだろ」

そんなわけないじゃない……!

「いいえ、違います」

「はは、素直に認められるわけがないか。それにしても、義理の兄で手を打つとは、お前も可哀相な女だな」

吐き捨てるように言われた。

ああ、本当に婚約破棄してもらえてよかった。

エステルはにっこりと微笑んだ。それは誰もが見惚れてしまうような表情で、ギャツビーも息を呑む。

「な……なんだよ……」

「私が可哀相に見えますか？　おかしいですね」

馬鹿にしないで。私は本当に好きな人と結ばれたのよ。

それはエステルの今できる精いっぱいの挑発だった。

「……っ……やっぱり、お前の容姿は捨てがたい」

「え？」

「この前の手紙はなかったことにしてやる。今からでもお前が望むなら、愛妾にしてやってもいい」

「な……っ……何を仰って……」

私の挑発、全然通じてない!?

「サンドラに僕を奪われて嫉妬したか？　来い。僕の部屋で聞かせてみろ。……なんだ？　随分色っぽくなったな。あの男に身体を許したわけじゃだろうな。まあ、お前のような固い女が、そんなことをするわけがないか」

ギャッツビーが手を伸ばしてきた。

嫌……！

エステルが避けようとしたその時、後ろから誰かがエステルの身体を抱き寄せ、ギャッツビーの伸ばした手から遠ざけた。

「エステル、遅かったね。探したよ」

「ジェローム様！」

エステルがジェロームに抱きつく様子を、ギャッツビーは鋭い目付きで睨んだ。

「ぶ、無礼だぞ！」

「ああ、ギャッツビー王子の御前で失礼致しました。婚約したばかりで、ついどこでも彼女に触れたくなってしまうのです。どうかお許しください」

ジェロームの口にした謝罪の言葉を聞き、ギャッツビーはこめかみの血管を浮き上がらせ、ぶるぶると震え出す。

元々怒りっぽい人だったけど、こんなに怒りっぽかったかしら。

エステルの記憶の中のギャッツビーは、不機嫌になることはあっても、怒りをあからさまに露わにはしなかったはずだ。

「それでは、我々は失礼致します。行こうか、エステル」

「はい、ジェローム様」

エステルはジェロームの差し出した腕に手を添え、そっと微笑んだ。

「おい、エステル！」

怒鳴るようにエステルの名を呼んだギャッツビーに、エステルは思わず睨んでしまうが、彼が一瞬怯《ひる》んだのを見てすぐに笑みを浮かべた。

「ギャッツビー王子、サンドラとお幸せに。それでは、失礼致します」

エステルとジェロームがある程度離れたところで、ギャッツビーの「くそ！」という声と何かが壊れる音が聞こえた。

恐らく、近くに飾られていた花瓶を壊したのだろう。

物に当たったことは、今までなかったはずだ。どうしてしまったのだろう。

まあ、私には関係ないことだわ。

◆◇◆

「あいつ、まだそんなことを？　殺してやりたいな」

帰りの馬車の中、エステルは先ほどギャツビーに言われたことをジェロームに伝えた。

「そ、そんなことをしては駄目よ。捕まってしまうわ」

ジェロームの表情は、決して冗談を言っているようには見えなかったので、エステルは慌てて止めた。王城の中で言わなくてよかった。

「大丈夫、今はしないよ」

「……今は？　きゃっ」

ジェロームはエステルを抱き上げ、向かい合わせになるよう膝に座らせた。

「エステルは魅力的な女性だから、手放したのが今さら惜しくなったんだろうね。本当に愚かな男だ」

「そんなことないけれど、ジェローム様にそう思ってもらえて嬉しいわ」

エステルが嬉しそうに微笑むと、ジェロームが唇を重ねてくる。

「んん……っ」

深く求められると、こんな場所なのに身体が熱くなってきてしまう。秘部が潤み出し、ドロワーズに滲《し》み込んでいくのがわかる。

ああ、私ったら、こんなところで……。

毎日抱かれているうちに、ジェロームに身体を作り変えられたみたいだ。昔の身体とは全く違う。

「このドレス、すごく似合っているけれど、胸元が開きすぎているような気がしてきたな」

「え？　そうかしら。普通だと思うわ」

ジェロームを誘惑して愛し合うことに成功したエステルは、胸元を開けるデザインのものは一切着なくなった。今日のドレスも、以前と同じくらいの開き具合だ。

「いや、開きすぎている。あの忌々しい王子も見ていた。エステルは俺ので、誰にも見せたくないのに」

ジェロームはエステルの胸元に、ちゅ、ちゅ、と口付けを落とす。

ジェロームの独占欲が嬉しくて、もう少し開いたものを着るようにしようか……など、考えてしまう。

「そんなことないわ。気にし過ぎよ」

顔がにやけてしまいそうになるのを堪えるのが大変で、エステルの口元はふにゃふにゃになっていた。

「あいつと話すこと自体嫌だ。俺があの場に行かなかったら、触れられてしまうところだったし」

「ん……っ……もしかして、嫉妬……してくれているの？」

「そうだよ」

嫉妬してくれているのね……！

「嫉妬深い男は嫌？」

エステルは、すぐに首を左右に振った。

「いいえ、大好きよ」

「ふふ、よかった。エステルに嫌われたら、生きていけないからね」

「私もだわ」

エステルが嬉しそうに笑うと、長い指がドレスの背中のボタンに触れた。

もしかして……ううん、まさかよね。だって、馬車の中だもの。

そう思っていたが、ジェロームはドレスのボタンをどんどん外していくものだから、エステルは慌てて彼の肩を叩いた。

「あっ……ま、待って……ジェローム様、こ、ここで？」

「屋敷に着くまで一時間はある。我慢できないよ」

「で、でも……」

「エステルは、我慢できる？」

「……っ……できないわ」

真っ赤な顔で正直に答えるエステルを見て、ジェロームは金色の目を細めた。

「可愛い」

「だって……」

は、恥ずかしい。正直すぎたかしら……。

「そんな可愛い顔を見せられたら、屋敷に着くまでどころか、一秒も我慢できないよ」

そう話している間に背中のボタンは全て外され、コルセットを露わにさせられた。

「……っ……な、なんだか、いつもより恥ずかしい気がするわ」

「ふふ、いつもは寝室だけど、今日は外だからかな？」

コルセットの紐《ひも》を緩められると、豊かな胸がぷるりと零れた。

「エステルの胸は大きいから、馬車が揺れると上下に揺れるね」

「や……あんまり、見ないで……」

「それは無理だな。いい眺め」

ジェロームは手袋を外すと、白く豊かな胸を包み込み、淫らな形に変えていく。

「んっ……ぁんっ……んんっ……」

馬車の音で外まで声は聞こえないだろうけれど、寝室でする時と違って、声が気になってしまう。

それに、こうしている姿を誰かに見られているような気がして落ち着かない。でも、それが刺激になって、エステルの興奮を煽っていた。

私が変……なのかしら。それともジェローム様もそう思っている？

恥ずかしくて聞けないけれど、きっと同じことを思っている気がする。だって、エステルの胸を揉むその手は、いつも以上に情熱的だ。

ツンと尖った胸の先端を舌で舐め転がし、反対側を指の腹で左右に撫でた。時折吸われたり、抓まれたりされるのが堪らなくいい。

「ぁんっ……は……ぅ……んんっ……」

胸の先端を可愛がっていた手がドレスの裾から潜り込んできて、内腿《うちもも》を撫でてくる。すると早くこちらも触れてほしいと訴えるように、花びらの間がズクズク疼き出す。

「ジェローム……様……んん……っ」

名前を呼ぶと、唇を奪われた。

焦らすように動いていた手が、とうとうドロワーズ越しに花びらの間をなぞった。指が動くたびにクチュクチュ淫らな音が聞こえてくる。

「んっ！　……んぅっ……んんっ……」

「エステル……もう、濡れているね」

「……っ……だって、大好きな人に触れられているんだもの……」

「嬉しい……」

ドロワーズの紐を解かれ、とうとう直に触れられたエステルは、気持ちよさのあまり大きな声で喘いだ。

「ぁあっ……！」

「ふふ、気持ちいい？」

「ぁんっ……あぁ……っ……気持ち……ぃ……っ……そこ、気持ちいぃ……」

「可愛い……もっと気持ちよくしてあげるよ……」

身体にジェロームの大きくなったものが当たっているのがわかる。彼も興奮してくれているのだと思うと、余計に身体が昂っていく。

ジェロームは敏感な蕾を親指で撫で転がしながら、蜜で満たされた膣道に中指をヌププと埋めていく。初めての時はそこを弄られるのは変な感じがしたが、今では気持ちよくて仕方がない。

「は……ぅ……っ……ん……ぁ……っ……中……気持ち……いっ……んっ……あぁ……っ……」

「もっと気持ちよくしてあげるよ。エステルの好きな場所、たくさん触ろうね」

膣道にある弱い場所を押され、エステルは一際甘い声を上げた。

「ぁん……っ……ぁ……っ……あぁ……っ」

あっという間に絶頂に達したエステルは、一人で座っていられなくなり、ジェロームにもたれかかる。

馬車の中だから、すぐに着られるように中途半端にドレスや下着を身に着けている。でも、煩わしい。

一糸まとわぬ姿で、ジェロームと抱き合いたい。

「エステル、入れてもいい？」

耳元で甘く低い声で尋ねられ、エステルは絶頂に痺れて力の入らない頭を縦に動かす。

「ええ……早く、来て……？」

ジェロームはエステルの唇を吸いながら、大きくなった欲望を取り出した。

「腰、浮かせられる？」

「ん……やって、みる……」

ジェロームに支えられながら腰を浮かすと、彼が濡れた膣口に欲望を宛がった。

「ぁ……っ」

宛がわれただけで、気持ちいい。今から与えられる快感を想像し、最奥がキュンと切なく疼いた。

腰を落とすと、体重がかかって、長い欲望はヌププと音を立てて、あっという間にエステルの中に呑み込まれていく。

「ん……ぁっ……あぁぁあ……っ」

全身の毛穴がブワリと開いた。入れられただけで、また達してしまいそうになり、エステルの眦には、生理的な涙がにじんでいる。

「ああ……すごい……入れただけで、達ってしまいそうだった……」

ジェロームも同じだというのが嬉しくて、エステルはジェロームにギュッと抱きつく。

「私もよ……」

「ふふ、一緒だね……嬉しいな……愛しているよ。俺のエステル」

「私も……愛して……んぅ……」

告白の続きは、ジェロームの情熱的な口付けに奪われた。

けれど、確実に伝わっているとわかるから、エステルは無理に伝えようとはしない。代わりに舌を絡め、積極的に彼の長い舌に自身の舌を擦りつけた。

「ん……ふ……んん……」

初めは舌を入れられても、ただ受け入れるだけだった。

でも、自分から動かすと気持ちよくて、ジェロームも喜んでくれることに気付いてからは、積極的にそうするようにしている。

ジェロームはまだ腰を動かしていない。でも、馬車の振動で揺れるたびに、奥にグリグリ当たる。

「んっ……んんっ……んぅ……んっ……」

それが堪らなく気持ちよくて、でも、じれったくて……エステルはついお尻を左右に揺らしてしまう。

お尻、動かしちゃう……止まらない……でも、馬車が揺れてるし、気付かれないわよね？

馬車の揺れで自然と動いていると思われるわよね？

そう思っていると、ジェロームが下から激しく突き上げてきた。

欲望が擦れている膣道、そして上下に動くたびに胸も揺れ、先端が彼の身体に当たって、甘い刺激が生まれる。

「ぁ……っ！　や……は、激し……ぁんっ！　あぁ……っ！　ジェローム……様……っ……ン……ど、どう……したの？」

「エステルが煽るから、興奮した」

「あ、煽る？」

「お尻を左右に揺らして、俺のを刺激してきただろう？」

「えっ！　わ、私、そんなつもり……じゃ……あっ……あぁ……っ！」

お尻が浮き上がるほど激しく突き上げられ、甘い快感が下腹部から全身に広がっていく。膣道は歓喜でジェロームの欲望を強く締め付ける。

「じゃあ、どういうつもりだったの？」

「……っ……んっ……ほ、本当は……」

頭がぼんやりして、上手い言い訳が思いつかない。

「うん？」

「お……奥に……グリグリって……してほしかったの……」

素直に話したエステルは、恥ずかしさのあまりどうにかなってしまいそうだった。するとジェロームは、彼女の望むように最奥に切っ先を擦りつける。

「ふぁ……っ……あんっ……ぁっ……ぁっ……」

「可愛い……こうしてほしかったんだね……」

「ん……っ……し、して……ほしかった……ぁんっ……あぁっ……そこ……すごく気持ち……いいの……」

「じゃあ、たくさんグリグリしようか……」

「ぁんっ！　ぁっ……ぁっ……嬉し……グリグリ……して……もっと……」

二人は屋敷に着くまで、激しくお互いを求め合った。

馬車の中は男女の淫らな香りで満たされ、エステルは到着する頃には一人で歩けなくなってしまい、彼に抱きかかえられて部屋へ戻る羽目になったのだった。

◆◇◆

『ギャツビー、お前はわしの自慢の息子だ。お前はこの国の王になるんだ』

『あなたはとてもすごいのよ。ギャツビー』

ギャツビー・ヴァレットは、ルピナス国の第二王子だ。

国王夫妻に心から愛され、なんでも与えられてきた。望めばなんでも手に入れることができた。おもちゃも、お菓子も、そして美しい少女も。

国王に付いて偶然訪れたカヴァリエ公爵邸の庭に、天使のような少女が立っていた。花を愛でるその姿は人間離れした美しさで、ギャツビーは呼吸をするのも忘れて見惚れた。

血が沸騰するのを感じた。

この子を絶対に手に入れる……！

彼女の名前は、エステル・カヴァリエ——公爵家の令嬢だが、元は男爵令嬢で、婚約者にしたいと両親に申し出た時、難色を示された。

元々公爵令嬢なら申し分ないが、元は男爵令嬢では王家と格が違いすぎると言われたが、ギャツビーに手に入らないものなどない。

絶対にエステルでなければ駄目だと涙を浮かべれば、数分後には認めてもらえた。

周りは別の高貴な女性を選ぶように進言してきたが、国王はギャツビーの思う通りにしたいと、聞き入れず、ギャツビーは正式にエステルと婚約することに成功したのだった。

しかし、エステルはギャツビーの思った通りに振舞ってはくれなかった。両親や周りの人間は、ギャツビーを褒《ほ》め称《たた》え、彼の機嫌を損なわないようにしているのに対し、エステルは必要最低限のことしか話さないし、まったく褒めてくれない。

「おい、何でお前は、僕を褒めないいんだよ。おかしいんじゃないのか？」

思ったことはすぐに口にするギャツビーは、すぐにエステルにも文句を言った。

教えてもらえることを感謝しろ。おかしいことに気が付けてよかったな。これからは頑張って直せよ。

親切なことをしたつもりだったが、エステルは困った顔をするばかりで、それからもギャツビーを褒めることは一度もなかった。

面白くなくて仕方がない。

どうしてエステルは、僕のことを褒めないんだ？　たかが元男爵令嬢が、この僕の婚約者になれるのは、光栄なことだ。それなのに、なぜ暗い顔をするんだ？　なぜ笑わない？

なんて失礼な奴なんだ……！

そんな中、カヴァリエ公爵邸を訪ねると、エステルが男と寄り添い、笑っているのを見てしまった。

「おい、あの男はなんだ……⁉　なんで僕のエステルと一緒にいるんだ⁉」

血管が切れそうになるような怒りを覚え、ギャッツビーは従者の胸倉を掴んで怒鳴りつけた。

「あ、あちらは、カヴァリエ公爵のご子息で、ジェローム様です……っ……！　エステル様の兄上で、兄妹なのですから、一緒に居てもおかしくはないかと……っ」

「兄妹と言っても、義理だろ⁉　あんな距離が近いなんておかしいだろ！　くそ……っ……腹が立つ……！」

エステルの近くに、自分以外の男がいるなんて気に食わない。

ギャッツビーはすぐに国王に言い、ジェロームを騎士学校に追いやってやった。

これでいい。ああ、すっきりした。

しかし、エステルがあからさまに元気がないところを見ると、ムカムカして仕方がない。

なんで元気がないんだよ。あんな奴が居なくて、寂しいとでも言いたいのか？

だが、認められては腹が立つので、ギャッツビーは聞きたいことを呑み込んだ。思ったことはすぐに口に出す彼にとっては、初めての経験だった。

今まで自分の思い通りに事を運んできたギャッツビーにとって、それは初めて上手くいかないことだった。

そして、もう一つ——。

「ノエ王子は騎士学校で素晴らしい成績を収めているそうだ。さすが国王陛下のご子息だ」

「お母上様のご身分が高ければ、ノエ王子が確実に次期国王だっただろうに……」

「気の毒だよな……」

目障りな兄王子のノエの良い評判が聞こえてくることだった。

今日は廊下を歩いていたところ、偶然にも護衛の騎士たちが立ち話をしているのを聞いてしまった。

「それは次期国王の僕に対する侮辱か？」

ギャッツビーの姿にようやく気が付いた騎士たちは、ビクリと身体を引き攣らせた。

「ギャッツビー王子！」

「も、申し訳ございません……！　決して、そんなつもりは……」

「忠誠心のない者は、僕に必要ない。おい、この者たちを地下牢《ちかろう》へ連れて行け」

「ギャツビー王子！　お許しください……！」

ふん、何がいい成績だ。お前がどれだけ頑張っても、僕には敵《かな》わない。生まれは変えられないからな。僕は国王になる。そしてお前は、国王になれない。どんなに努力しようとも、生まれ持った高貴な血は手に入れられない。

ああ、いい気味だ。僕はこの国で一番高貴な男だ。

しかし、ノエが副団長に就任して間もなく、ある一報が飛び込んできた。

「何……!?　ノエの母親が、オキザリスから亡命してきた第一王女かもしれない!?　ど、どういうことだ……！」

オキザリスは鉱業産業で有名な国だ。現在でこそ落ち着いているが、過去は内戦が耐えなかった。

ノエの母親は、内戦から逃れるためにルピナス国へ亡命してきたが、国境を超えたあたりで不幸な事故に遭い、一緒に亡命してきた侍女と離れ離れになり、頭を打ったことで記憶を失ってしまった。

なんとか動けるようになった彼女は、助けてもらった伯爵家の好意で住み込みの使用人として働いて暮らすようになったのだが、そこで偶然訪ねて来た国王に見初められ、手付きとなってノエを産んだ。

しかし、最近になってようやく侍女が現れた。

彼女も重傷を負って生死を彷徨《さまよ》っていたが、最近になって動けるようになり、ノエの母親を探し始めたのだった。

巷《ちまた》に出回っているノエの肖像画は、ノエの母親の若い頃と瓜二《うりふた》つだったらしい。絶対に母親は第一王女に違いないと思った侍女は、そこから彼女を探し当てた。

ノエを出産後、彼女はギャツビーの母であるルピナス国王妃に睨まれ、城で暮らすことは許されず、国境近くの村で侍女も付けることを許されずに暮らしている。

侍女と再会しても、彼女は記憶を取り戻せずにいた。

彼女の髪や瞳の色、顔立ちの特徴は、オキザリス王女とまったく同じだ。

しかも、オキザリス王家に伝わる紋章が入った品を持っているので、彼女が王女であることは間違いないだろう。

しかし、それを認めれば、今までの立場が逆転する可能性が出てきた。

ルピナス国王妃は、ルピナス国の大公家の息女のため、これが認められれば、ノエの母親の方が、身分が上になる。

第一王子で、オキザリス国王女を母に持つノエの方が、ギャッツビーより身分が上となるため、彼が次期国王にということになるかもしれない。

それを恐れたルピナス国王妃は、記憶が戻っていないのなら、本人かどうかなんてわからない。外見が同じと言っても、似ているだけかもしれないと認めずに隠し、このことを握り潰そうとしているそうだが、これは国際問題だ。いつまで隠しておくことはできない。

ノエの母親が記憶を取り戻す前に、ギャッツビーを国王の座に就けることができれば、退位させてまでノエを国王に……とはさすがにならないだろう。

ルピナス王妃は急いでいたが、ここで国王との意見が対立した。国王は自分がまだ退位したくないと言うのだ。

ノエが僕よりも高貴な血を持っている……⁉　母親が王女⁉　ふざけるな……そんなことがあってたまるか……！　これであいつが国王になったら、僕はどうすればいい⁉　僕が一番じゃないなんてありえない……！

ギャッツビーは酷く荒れた。

いつオキザリス王女が記憶を取り戻すか、いつ自分の立場を脅かすかが恐ろしくて、酒に逃げた。

部屋の中で一人でいると不安に押し潰されそうになるので、こっそり城を抜け出して、街中にある大衆居酒屋で飲むようになった。

怒鳴る者、盛り上がって笑う者、たくさんの声が聞こえる。

普段ならばうるさく感じるが、今はこれくらいの音が聞こえている方がいい。

ノエよりも下になるなんて、ありえない。僕が……僕が二番だなんて、そんなの許されない！

「くそ……っ」

ギャッツビーは安酒をグッと煽り、グラスの底をテーブルに叩きつけた。

強い酒を何杯飲んでも、この不安はとても拭えない。

誰か何とかしてくれよ……。

テーブルに突っ伏してため息をこぼしていると、誰かがギャッツビーの席の前に立つ。

「ギャッツビー王子とお見受けいたします」

「誰だ……」

巻いた護衛に気付かれたかと思って頭を上げると、見たこともない者が立っていた。黒いフードを目深に被っているが、体格からして男性だ。

「そんなことはお気になさらず……それよりも、最近よくこちらへいらっしゃっていますね。随分と荒れているようです。何かお悩みでも？」

「貴様には関係ないことだ」

面倒な相手に絡まれた。さっさと帰りたいが、酔って怠い。まだ動きたくない。

「そんなことを仰らないでください。私はただ、あなたさまのお力になりたいだけなのです。こちらをどうぞ」

男は紙に包まれた薬をテーブルに置いた。

「なんだこれは……」

「すべての悩みを解消してくれる薬です。どうか、お試しください。そして気に入りましたら、お申し付けください。いつでもお持ちしますので」

「薬？　いるか、そんなもの。持って帰れ」

「では、失礼致します」

男は頭を下げ、薬を置いて去って行った。

いらないと言ったのに……。

そのまま置いて帰ろうとしたが、ギャッツビーは男の言った「すべての悩みを解消してくれる薬」というのが頭から離れなくて、それを持って帰った。

酒では逃れられなかったギャッツビーが、その怪しい薬に手を出すまで、そう時間はかからなかった。

◆◇◆

舞踏会に出て以来、エステルは休んでいた社交活動を再開させることにした。

「エステル様、最近、とてもお幸せそうで、本当に羨ましいですわ」

「ジェローム様は社交界で一番の人気のお方ですから、泣いた令嬢たちは星の数ですのよ？でも、完璧なエステル様がお相手なら……って、皆納得しておりますの」

「そんなことございません。でも、ありがとうございます」

「それにしてもギャツビー王子は酷すぎますわ！」

「シッ！　反逆罪で捕まってしまいますわよ」

「ここだけのお話です。あの方はとても横暴なお方ですから、エステル様はさぞお辛かったでしょう」

「いえ、そんな……」

「お辛い思いをした分、幸せになってほしいと思っていますの。私たちは皆エステル様の味方ですわ」

「ありがとうございます……」

ギャッツビーの一件で腫れ物扱いされることを覚悟していたし、義理の兄との婚約を面白おかしく聞かれることを覚悟していたが、ほとんどの令嬢たちが好意的な反応を見せてくれて、応援してくれて嬉しかった。

それほどまでに、ギャッツビーの評判は悪いということだ。

横暴で権力を振りかざす彼は、元々評判が悪かったが、エステルと婚約破棄をしてサンドラに乗り換えたことで、さらに落ちた。

陰では王位を継ぐのはギャッツビーではなく、身分が低くてもノエにした方がいいのではないかとの声が、昔から出ているそうだ。

ちなみにノエは騎士団の副団長を務めていて、ジェロームの親友だと聞いている。決して口にはできなかったけれど、エステルも前々からそう思っていた。

権力を振りかざすギャッツビーが国王になれば、国の未来がよくない方向へいく気がしてならない。

ギャッツビー王子は、国王には向いていないわ。

「それにしても、エステル様がこんなに素敵な方だなんて思いませんでしたわ」

「ええ、本当に！　サンドラ様から聞いていたお話とは全然違いますもの。もっと前からこうしてお話しできていたらよかったのに……信じてしまった私たちが愚かでした」

「え？　どういうことですか？」

「実は……」

令嬢たちから、驚くべき話を聞かされることになった。

多くの令嬢たちが、男爵令嬢だった時からエステルと友人になろうとしていたらしい。しかし、サンドラがエステルは素行が悪く、近付かない方がいいと言っていたため、怖くて近寄ることができなかったそうだ。

でも、エステルはギャッツビーと婚約した。

素行が悪ければ、王子と婚約できるはずがないと思い、サンドラの言っていた話は嘘だったのだと気が付いたのだ。

『そういう鈍いところが駄目なのよ。まあ、あんたに好かれる要素なんてないけどね。連れ子じゃなくても、嫌われていたかもしれないわよ。その証拠に、あんたにはわたくし以外の友達がいないでしょう？』

過去にサンドラに言われたことを思い出す。

サンドラはエステルに悪いところがあるから、友達ができないと言っていた。でも、原因はサンドラだった。

酷いわ……。

「エステル様、申し訳ございません……」

「いいえ、教えてくださってありがとうございます。本当のことを知ることができてよかったです」

どうして、サンドラに嫌われていることに気が付けなかったのだろう。

私は、本当に鈍かったのね……それだけは、サンドラの言う通りだわ。

お茶会を終えたエステルが予定より少し早く屋敷に戻ると、門から出てきた一台の馬車と丁度すれ違った。

ジェローム様のお客様かしら……。

馬車についている紋章を見て、心臓が嫌な音を立てる。

オラン伯爵家の紋章――サンドラが来ていたの⁉　何をしに⁉

エステルに会いに来たのなら、帰る時間を伝えてあるのだから待っているはずだし、以前のように訪ねてくる前には手紙を送ってくるはずだ。

それなのにエステルが居ない時間を狙って尋ねてくるということは、目的はジェロームに会うことだろう。ちょうど今日、彼は騎士団の仕事が休みだ。

ジェローム様に、何の用なの……？

エステルの知らないところでサンドラがギャツビーに近付き、婚約者の座を奪い取ったことを思い出し、青ざめた。

まさか、ジェローム様に近付くために？

屋敷に着くと、ジェロームが出迎えてくれた。

「エステル、お帰り」

「ええ……」

ジェロームは頬にちゅっと口付けし、ギュッと抱きしめてくれる。

「どうしたの？　元気がないね」

「そ、そんなことないわ」

「お茶会で何かあった？　今日はベルジェ伯爵夫人のところだったたね」

「ううん、違うの。ちょっと、疲れただけ。ほら、ベルジェ伯爵邸は少し遠かったから」

今、サンドラの馬車を見ただけに、彼女の話をするのはなんだか嫌だった。

「そっか、今日はゆっくり休んで」

サンドラのことを、聞かなくちゃ……。

ドクン、ドクンと、心臓の音が早くなっていく。

「あ、の……ジェローム様……」

「ん？」

「今日は……何か、変わったことはあった？」

勇気が出なくて、遠回しに聞いてしまう。

サンドラが何をしに来たか、知りたいけど、知りたくない――。

冷や汗をかきながらジェロームの答えを待つと、彼は柔らかく微笑んでエステルの頭を撫でた。

「何もなかったよ」

「えっ」

サンドラが来たことを、どうして隠すの？

「エステル？」

「あ……いえ、なんでもないの。私、夕食まで部屋で休もうかしら」

「そうだね。ゆっくり休んで」

サンドラが来たことを隠すのは、私に知られたくないことがあるから……？

『わたくしにすべてを奪われた気分は、どんな気分なのか聞いていているのよ』

『ずーっと、あんたからギャツビー王子を盗ってやろうって思っていたのよ。だから裏で色々動いていたってわけ。いじめの嘘は、その一環。なーんにも気付かなかったなんて、馬鹿よね。でも、あんたらしいわ』


サンドラに言われたことを思い出し、頭の中で何度も繰り返し再生させてしまう。

「……っ」

耳を塞いでも、サンドラの言葉は鳴《な》り止《や》んでくれない。

エステルはその日以来、ジェロームによそよそしい態度を取り、避けるようになったのだった。

◆◇◆

サンドラが訪ねてきてから一週間ほど経ったある日のこと、エステルはラモー男爵令嬢のお茶会に招待され、参加していた。

「エステル様、こちらへどうぞ。ですが……」

ラモー男爵令嬢が、気まずそうな顔を浮かべている。

「どうなさいました？」

「それが、その……」

何かありそうだが、ラモー男爵令嬢は言いにくそうにしている。

どうしたのかしら。

お茶会が行われているサロンに入ると、そこにはサンドラの姿があり、令嬢たちがざわめいていた。

「えっ」

エステルはお茶会などの招待状が送られてきた場合、必ずサンドラが出席していないかを確認し、避けるようにしていた。

以前から自身の性格のせいで嫌われていたサンドラは、こういった誘いが来ることは滅多《めった》になかった。

しかし、ギャツビー王子の婚約者になってからというものは頻繁に招待を受けているようで、エステルは彼女が参加しているから欠席にすることも少なくなかった。

今回は欠席にしていたはずなのに、どうしてサンドラがここにいるのだろう。

「エステル、久しぶりね。こちらにいらっしゃいよ」

サンドラはまるで何事もなかったかのように声をかけてくる。

あら……？

なんだか、顔色が悪いように感じるのは気のせいだろうか。それに、いつもより化粧が濃い気がする。

「ほら、早く」

「いえ、私は……」

「未来の王妃の誘いを無下にするの？」

立場を盾にされたら、断れない。エステルの行動は、カヴァリエ公爵家の未来に響く。

権力を振りかざすところは、ギャツビー王子とそっくりだわ。

エステルは仕方なくサンドラの隣に腰を下ろした。主催の令嬢が申し訳なさそうにしているが、彼女は悪くない。

気まずくしてしまって、こちらの方が申し訳ないわ……。

用意してもらったお茶に、角砂糖を二つ落とす。

「あら？　あんた、紅茶に砂糖は入れなかったんじゃないの？」

「お義父様から禁止されていたから、そうしていたのよ。体重を増やして体型を変えたらいけないから。でも、今はその必要がないの」

「ああ、ギャッツビー王子の婚約者になるために、完璧でいさせられたものね。まあ、その努力も徒労に終わっちゃったけど」

サンドラはプッと吹き出し、馬鹿にしたように笑う。

エステルは何も反応せず、紅茶を口にした。とてもいい香りがする。この日のために、とても良い茶葉を用意してくれたのだろう。

それなのに、気まずい雰囲気にしてしまって申し訳がないわ。

「でも、まさか、あんたがジェローム様と婚約するだなんてね。ろくな求婚がない義理の妹が不憫《ふびん》で、同情したから婚約したんでしょう？　可哀相なジェローム様、出来の悪い義理の妹ができたばかりに、人生を台無しにされて……」

あまりの言われように、エステルは挑発とわかってはいたが、今までのことも重なって黙っていられなくなる。

「同情なんかじゃないわ。私たちは、愛し合っているもの」

「ふふ、愛しているって言われたの？」

「ええ、そうよ」

「あんた、いつもジェローム様が優しいって言っていたものね。それって、あんたが気にしないように言ってくれたんじゃないの？」

「……気にしないように？」

「そう、同情して求婚したなんて言ったら、あんたが可哀相だから、好きだって嘘を吐いたんでしょう。本当にあんたって鈍いわよね」

「……っ」

「ジェローム様、本当にお可哀相。あんたはろくでもない男性と結婚するか、修道院にでも行けばよかったのよ」

サンドラに言われたことが胸に突き刺さり、エステルは言葉が出せなくなる。

けれど、ジェロームから受けた愛情をすぐに思い出した。

――ジェローム様がくれた愛は、嘘なんかじゃない。可哀相だから、くれたものなんかじゃない。

思い返してみれば、義父に嫌われていると言われたこともあった。その他にもエステルが悲しくなるようなことをたくさん言われてきた。

親友だから、包み隠さず真実を言ってくれているんだと思っていた。でも、今はわかる。あれは、エステルを傷付けるためだったのだ。

幼い頃から一緒にいたから、疑う気持ちが微塵《みじん》もわいてこなかった。

どうしてこんなことになってしまったの……。

「あなたがジェローム様の気持ちを語らないで。ジェローム様の気持ちは、ジェローム様にしかわからないわ。でも私は、あなたよりも……誰よりもジェローム様を知っている」

初めてエステルからの反論を受けたサンドラは、ポカンとしている。

やがて状況を理解するとわなわなと震え出し、ガタンと大きな音を立てて席を立つと、カップに入った紅茶をエステルにかけた。

「きゃ……っ」

「きゃあ！　エステル様……！」

「サンドラ様、なんてことを……！」

「だ、大丈夫……です」

幸いにも中の紅茶は冷めていて、エステルは火傷《やけど》せずに済んだ。

「エステルのくせに、生意気よ！　わたくし、気分を害したわ。帰るから！」

サンドラは大声を上げ、そのままサロンを出て行った。

「エステル様、大丈夫ですか⁉」

「医師を呼びます！」

「火傷はしていないから大丈夫です。お騒がせして申し訳ございません」

「お気になさらないでください。サンドラ様にも困ったものですわ。相変わらず、エステル様を目の敵にしているのですね」

「昔からですものね」

周りが気付いているのに、張本人である私が気付かなかったって……私、どれだけ鈍いのかしら。

エステルはため息を吐き、ハンカチで濡れた顔を拭いた。

「汚れてしまいましたので、私も今日はこれで失礼致します」

ジェロームの気持ちは、本物だって信じている。けれど、サンドラが屋敷に来ていたことを隠していたのは事実だ。

逃げてばかりいないで、ちゃんと話さなくては……。

第四章　誰にも渡さない

屋敷に帰ってきたエステルは、紅茶を被ったので、すぐに入浴することにした。サンドラはかなりの甘党でいつも角砂糖を四つ入れるため、かなりベタベタして不快だ。

ジェローム様が居ない時でよかったわ。あんな姿を見せたら、心配かけるものね。

ラウラに手伝ってもらってすべてを洗い終え、お湯に浸《つ》かって身体を温める。

サンドラ、随分と顔色が悪かった。具合が悪かったのかしら。それに前から怒りっぽかったけれど、いつにも増して怒りっぽかった気がするわ。

さすがにここまでやられて心配する気持ちは起きてこないが、単純にどうしたのかと気になる。

そんなことを考えていると、バスルームの扉が開く音が聞こえた。

「ラウラ？」

入浴を手伝ってもらった後、一人でゆっくりしたいからと外に出てもらっていた。しかし、入って来たのはジェロームだった。

「俺だよ」

「えっ！　ジェローム様⁉」

エステルは慌てて両手を交差させ、身体を隠した。何度も裸を見られているけれど、そういう雰囲気ではない時に見られるのは、恥ずかしさが増す。

「お、お帰りなさい。でも、どうしてここに……何かあった？」

ジェロームが入浴中に入ってくるのは初めてだった。何かあったのだろうか。

「うん、あった」

やっぱり……！

「どうしたの？　大丈夫？」

ジェロームは無言のまま全身を洗い始めた。

どうして、答えてくれないのかしら。

エステルが狼狽している間に洗い終えたジェロームは、彼女の入っているバスタブに身を沈めた。

「あ、あの、ジェローム様？　何があったの？　言いにくいこと？」

どうして何も答えてくれないのかしら。

「そうだね。言いにくいこと」

エステルはジェロームに抱き寄せられ、後ろから包み込まれた。

「あっ」

ジェローム様……！

ジェロームを避け続けていたので、こうして抱きしめられるのは久しぶりだ。今すぐ振り返って、自ら抱きつきたい衝動に駆られる。

だ、駄目よ。エステル！　ちゃんと問題が解決するまでは、お預けよ。

「何があったの？」

「とても重要なことだよ。エステルが俺を避けるから、寂しくて死にそうなんだ」

「え……っ」

もっと別のことを想像していたので、エステルは呆気に取られた。

「夜、一緒に寝ようとしたら、寝たふりをするし」

き、気付いていたのね……。

「ごめんなさい……」

「どうして避けていたの？」

「そ、それは……」

「俺のことが嫌いになった？」

「そんなわけないわ……っ」

咄嗟に振り向くと金色の瞳と目が合い、つい泣いてしまいそうになる。

「じゃあ、どうして？」

こんな顔を見られたくなくて、エステルは再び前を向いた。

いい機会だわ。しっかり話さなくちゃ……。

「少し前、サンドラが家に訪ねてきたでしょう？」

「知っていたのか……」

「ええ、その日、何か変わったことはあった？　って聞いたら、何もなかったって言うから……どうして言ってくれないんだろうって悲しくなって。なんだか、とても不安になってしまって……」

「それが原因か……エステル、ごめん。あの女が来たことを話して、嫌な気持ちにさせたくなくて黙っていたんだ。でも、そのせいで、かえって不安にさせてしまったね。本当にごめん」

そういうことで、隠していたのね。優しいジェローム様らしいわ。

「いいえ、私が最初から遠回しに聞かないで、直接言えばよかったの。私の方こそごめんなさい……でも、今度からは、私が嫌な思いをするとしても、話してほしいわ」

「わかった。約束する」

「私の気持ちを大事にしてくれてありがとう」

腰に回されたジェロームの手を掴むと、彼が握り返してくれる。

「エステル、仲直りをしてくれる？」

「ええ、してほしいわ」

「こっちを向いて」

エステルが振り向くと、ジェロームがちゅっと唇を吸ってくれる。久しぶりの口付けに、胸の中がジンと甘く痺れた。

「ねえ、サンドラは何の用があって来ていたの？」

「ギャツビー王子が違法薬物に手を出しているという情報を持ってきた」

「えっ！　い、違法薬物⁉」

違法薬物のことは、皆、決して使ってはいけないという警鐘の意味で、身分に関わらず詳しく学習する。

違法薬物は依存性があり、顔色が悪くなる。薬が切れてくると、薬がまた欲しくなってイライラしてくると聞いた。

そういえば、この前の舞踏会の時のギャツビーは、顔色が悪く、やけにイライラしている様子だった。

　まさかあれは、薬物の症状だったの？

　一体、いつからそんなものに手を出していたのだろう。一国の王子が、違法薬物に手を出すなんてあってはならないことだ。

「でも、サンドラがどうしてそんなことをジェローム様に？」

「自分の将来が不安になったそうだ」

「将来？」

「ギャツビー王子、最初は売人からこっそり買っていたけれど、それだけじゃ足りずに、最近は変装して薬物を楽しめるパーティーにも参加しているそうだ」

　なんて愚かなのかしら……。

　元々次期国王として相応しい言動とは遠かったが、ここまでとは思わなかった。

「だんだん動きが大胆になってきているから、そのうち捕まってもおかしくない。違法薬物に手を出すなんて、いくら王子でも許されないから、王位をはく奪されるに違いない。そんなことになれば、婚約者の自分はどうしたらいいのかわからない。騙《だま》されてしまった……なんて、涙ながらに語っていたよ。馬鹿な女だ」

　ジェロームは侮蔑に満ちた目をし、吐き捨てるようにサンドラのことを話す。

サンドラは、どうしてジェローム様にそんなことを相談しにきたのかしら。

幼い頃、サンドラはエステルからジェロームの話を聞いて、ぜひ会ってみたいと言っていた。

だが、義父がそれを許さなかったため、会うことがないまま彼は騎士学校へ入学した。

なので、二人には、面識はない。

ジェローム様のことも狙っているとしか思えないわ。

ドクンと、心臓が嫌な音で脈打った。

嫌……ジェローム様に近付かないで。

「……ジェローム様は、サンドラになんて言ったの？」

「よくも俺のエステルを酷い目に遭わせておいて、俺の前に顔を出せたものだな。次に顔を出してみろ。生きていることを後悔させてやる……ということを柔らかくして言ったよ。ものすごく怒って帰っていった」

サンドラになびかなかったことにホッと安堵すると同時に、柔らかくしてどんな風に言ったのかがとても気になる。

そういえば、サンドラも顔色が悪かったし、怒りっぽくなった気がする。

まさかサンドラも、薬物を……？

「実はサンドラから聞かなくても、ギャッビーが違法薬物に手を出していたのは、知っていたんだ」

「えっ！　そうなの？」

「ああ、ずっとあいつを失脚させたくて、裏を調べていたから……ね。証拠がなかなか集まらなかったんだけど、あの女から聞く限り、証拠を手に入れる日は近いみたいだ」

「ずっと？　もしかして、婚約破棄する前から？」

「そうだよ。エステルを渡したくなくて、あいつを失脚させて、取り返そうと思っていたんだ」

「……っ……そ、そんなこと、してくれていたなんて」

「婚約破棄する前にようやくその情報を手に入れたんだけど、あいつから婚約破棄された方が早かったね。でも、エステルを傷付けたあいつをどうしても失脚させたくて、証拠を探し続けていたんだ」

そんなことをしてくれていたなんて、想像をしてもいなかった。

「ジェローム様、ありがとう。すごく嬉しい……！」

エステルは振り返ってジェロームに抱きつき、自ら唇を奪った。彼はすぐにその口付けに応え、二人は深く唇を求め合う。

「ん……ふ……んん……」

自分から口付けをするなんて、はしたなかったかしら。でも、どうしても我慢できなかったんだもの。

舌を擦りつけ合っていると、舌も、身体もとろけそうになる。

ずっとジェロームを避けていたから、こうして深い口付けをするのは久しぶりだ。エステルの身体はあっという間に熱くなっていく。

ああ……気持ちいい。ずっとこうしていたいわ。……ううん、それだけじゃ足りない。もっと先にも進みたい。

大きな手はエステルの腰を滑り落ちていき、白い双丘を掴んだ。揉まれると膣口がわずかに引っ張られ、そこに触れてほしくなる。

もっと、そこを広げてほしい。わずかにじゃなくて、大きく、ジェロームの欲望で——。

膣口はもうすぐに欲望を受け入れてもいいぐらいに、たっぷりと蜜で濡れていた。

ジェロームが唇を離すと、エステルの唇からは甘い吐息が零れる。彼は赤くなった耳や細い首筋を吸いながら、双丘を可愛がり続けていく。

「サンドラに、紅茶をかけられたんだって？」

「ん……っ……どうして、それを……？」

「ラウラから聞いた。火傷がなくて本当によかった。サンドラ……あの女もギャツビーと共に痛い目を見せてやる」

元親友が酷い目に遭うと聞いても、エステルの心は少しも痛まなかった。そこまでお人好《ひとよ》しではない。

「サンドラ……忌々しい女だ。もっと早くに排除すればよかった」

それよりも、ジェロームが彼女の名前を呼ぶたび、嫉妬で胸が焼け焦げそうになる。

苦しくて、どうしていいかわからない。

「……っ……サンドラって、名前で呼ばないで……」

「え？」

ジェロームが金色の目を丸くしたことで、エステルはハッと我に返った。

私、なんてことを……！

ジェロームの前では完璧でいたいのに、こんな醜い部分を見せてしまうなんてとんだ失態だ。

「な、なんでもないわ……っ」

エステルは居たたまれなくなり、ジェロームに背を向けた。

い、今の、なかったことにできないかしら……。

「名前で呼ばないでって、どういうこと？」

本当のことを言えば、嫉妬深い女だと思われないだろうか。

「エステル、教えて？」

後ろから腰を抱き寄せられ、甘えるように耳元で囁かれたら、誤魔化すことなんてできない。

「本当のことを言ったら、きっと呆れるわ……」

「そんなことないよ。聞きたいんだ」

「……っ……じゃあ、言うわね。聞いたことを後悔すると思うわ。あ、あのね、私以外の女の人の名前、ジェローム様が呼ぶの……嫌なの。嫉妬しちゃうの」

素直に気持ちを伝えると、ジェロームが「嫉妬……」と繰り返し、しばらく黙った。

やっぱり、呆れてしまったかしら……。

不安になっていたら、大きな手が後ろから豊かな胸を包み込んだ。

「ぁ……っ……ジェローム……様？　んっ……」

長い指が胸に食い込み、淫らに形を変えられると同時に、甘い快感がそこから全身に広がっていく。

「あんっ！　ど、どうして、揉む……のっ……？」

「興奮したから」

「ん……っ……こ、興奮すること……していない……わ……？」

「エステルが嫉妬してくれて嬉しいんだ。可愛くて、興奮した」

「えっ！　んんっ……嬉しい……の？」

「ああ、すごく嬉しいよ。嫉妬してくれるのは、エステルが俺のことを好きだって証拠だから。俺ばかり、嫉妬していると思っていた」

「ジェローム様も、嫉妬……してくれたの？」

「ああ、離れて暮らしている間、エステルがギャッツビーと一緒にいると思うたび、胸が焼け焦げそうだった」

身体だけじゃなく、心まで熱くなっていくのを感じる。

「ん……っ……知らなかった……嬉し……っ……ぁんっ……私も……ね、離れて暮らしている間……ジェローム様の近くにいられる令嬢たちに……んっ……嫉妬していたの……」

「ああ……嬉しいよ。エステル……」

ツンと尖った先端を抓み転がされ、エステルは甘い声をあげた。もう、秘部はズクズク疼き始めていて、自分で弄ってしまいたい衝動に駆られている。

ジェロームは胸の先端を指で可愛がりながら、エステルの白いうなじに口付けの痕を散らしていく。

吸われたところがチリチリして、ほんの少しだけ痛い。

「ん……っ……何……している……の？」

「エステルは俺のものだっていう痕を付けているんだ。手を貸して」

「手……？」

エステルが手を差し出すと、ジェロームは白い手首にチュッと吸い付く。チリチリした痛みが走ったかと思えば、吸われていた場所に赤い痕が付いている。

「あ……すごいわ。痕が付いた」

「ふふ、エステルは俺のものだから、たくさん付けるんだ」

ジェロームは胸を可愛がりながら、うなじに吸い付く。

「んんっ」

うなじに痕を付けられたら、髪をあげられなくなってしまう。

それでも、ジェロームの独占欲が嬉しくて、エステルは黙っていた。隠せない場所に付けられても、受け入れることだろう。

胸を可愛がっていた片方の手が離れ、お腹を通って秘部へ降りていく。待ち望んでいた刺激が近付いているのに気付いて、お腹の奥が期待で熱くなる。

「ぁ……っ」

長い指が、とうとう花びらの間に侵入してきた。敏感な蕾を指の腹でなぞられると、渇望していた甘い刺激がやってくる。

「ぁんっ……は……ぅ……っ……んんっ……」

しばらく愛し合っていないせいか、いつも以上に感じてしまう。敏感な蕾を指と指の間に挟まれ、上下に動かされた。

「ひぁんっ……ぁ……っ……そ、そこ……ぁんっ……」

「うん、エステルの大好きなところ、たくさん撫でてあげないとね……」

だんだん指と指の間を狭められていく。抓まれたような状態で上下に撫でられ、エステルはあまりの快感に目の前が真っ白になっていくのを感じる。

「や……んんっ……気持ち……ぃ……っ……も……ぅ……っ……だめぇ……っ……」

足元からゾクゾクと絶頂の予感が這《は》い上《あ》がってきて、エステルはブルルッと震えた。

「愛してるよ。エステル……」

「私も……ジェローム様……愛してる……あっぁっ……んっ……きちゃう……ジェローム様……っ……んっ……きちゃう……のっ……」

「いいよ……エステル、俺の指で達って……」

激しく指を動かされ、エステルは快感の高みへ一気に駆け抜けていった。

「ふぁ……っ……あっ……あぁぁ――……！」

エステルは大きく身体を揺らし、ジェロームにくたりともたれかかる。もう、一人では座っていられなかった。

「エステル、達ってくれたんだね」

「ん……達っちゃった……」

「ふふ、可愛い……」

身体が熱い。達したばかりだというのに、お腹の奥が疼いて堪らない。この疼きを満足させてくれるのは、さっきからお尻に当たっている彼の熱くて硬い欲望だけだ。

「ね、ジェローム様……」

強請るように額を彼の首筋に擦りつけると、エステルのおねだりに気が付いたジェロームが彼女の細腰を掴んだ。

「ああ、俺もエステルの中に入りたい……」

絶頂に痺れて動けないエステルの腰を掴んで持ち上げると、ジェロームは硬くなった欲望を膣口に宛がった。

「ぁんっ……」

「ああ……まだ、宛がっただけなのに気持ちいいよ……」

ジェロームの欲望がゆっくりと中を押し広げていき、エステルの最奥まで満たした。

「ん……ぁ……っ……」

「でも、入れた方がもっと気持ちいい……」

「ん……私……も……お腹の中……ジェローム様でいっぱいになる方が……気持ち……ぃ……わ」

「ああ……俺の可愛いお姫様は、これ以上興奮させてどうするつもりなのかな」

豊かな胸を揉まれ、下から激しく突き上げられると、堕落しそうなほどの強い快感が襲ってくる。

「あぁんっ！　や……んんっ……激し……っ……んっ……ぁんっ……ジェローム様……激し……ぃ……の……っ……」

支えられても座っていられず、エステルは前のめりになってバスタブの縁に掴まった。

はち切れそうなほど大きくなった欲望は、エステルの中をめいっぱい広げて突き上げている。

苦しいくらいなのに、それがよくて堪らない。

「あぁ……っ！　んっ……ジェローム様……好きっ……あっ……んんっ……大好き……んっんっ……あんっ！　あぁ……っ」

「俺もだよ……エステル……俺も大好きだ……」

抜けそうなぐらい引かれたと思えば、奥を連続して突かれる。予測できない動きに翻弄され、エステルは激しい快感にとろけ、甘い声を上げ続けた。

「ぁんっ……あぁ……っ……んっ……あぁ……っ……！」

声が嗄れてしまいそう。でも、自分の意思じゃ止められない。

何もかも忘れて、ジェロームと永遠にこうして身体を繋げていたい。

激しい動きに水面が波打ち、バシャバシャと大きな音を立ててお湯が溢れて水位が減っていく。

しかし、身体は冷えるどころか、ますます熱くなっていって、のぼせてしまいそうだった。

それでも二人は愛し合うのをやめられない。

エステルがまた絶頂に達して間もなく、ジェロームは欲望を引き抜き、お湯の中に情熱を放った。

しかし、一度果てても硬さはそのままで、またエステルの中に戻ってくる。

彼のを引き抜かれて喪失感を覚えていた膣道は、またみっちりと埋められたことで歓喜に震えた。

「ひぁ……っ」

「エステル……ごめん。一度じゃ止められそうにないよ……」

「わ……たしも……っ……まだ……んっ……ジェローム様……もっと……」

「ああ……煽らないで……もう、これ以上ないってぐらい興奮しているんだ……エステルのことを壊してしまいそうだよ」

「ぁんっ……壊して……ジェローム様……ジェローム様に……んっ……壊されたいの……」

「後悔しても、やめられないよ？」

再び激しく求められたエステルは、甘い声を上げて乱れた。

終わる頃にはジェロームは平気だったが、エステルはすっかりのぼせてしまい、ジェロームに抱きかかえられてバスルームを後にしたのだった。

◆◇◆

「ん……」

目を開けると、エステルは自室のベッドに寝かされていた。

私、いつの間に寝て……。

「おはよう」

隣を見ると、ジェロームがにっこり微笑んでいた。

「ジェローム様……起きていたのね」

「軽く眠ろうかなとも思ったんだけど、エステルの寝顔があまりにも可愛くて、夢中になって眺めていた」

「は、恥ずかしいわ……」

寝顔が可愛いわけがない。きっと間抜けな顔をしていたに違いない。恥ずかしくて両手で顔を隠そうとしたら、さっき付けられた口付けの痕に目がいく。

あ……ジェローム様の……。

「どうしたの？」

「……お願いがあるの」

「うん、なんでも言って。なんでも叶えるから」

即答されたので、思わず笑ってしまう。

「ふふ、私がとんでもないお願いをしたらどうするつもりなの？」

「俺が困るようなお願いをするつもりなの？　興味深いな」

ジェロームはクスクス笑って、エステルの唇を吸った。

どんなとんでもないお願いをしても、叶えてくれそうだと思う。

「あのね、私もジェローム様に口付けの痕を付けたいの」

「え、付けてくれるの？　嬉しいな」

「じゃあ、いい？」

「もちろんだよ」

「嬉しい！　えっと、どこなら付けてもいい？」

「どこでもいいよ」

「どこでも……」

首筋……は駄目よね。ジェローム様は髪が短いから、隠せないもの。

じゃあ、胸とか？　ううん、まだ騎士団のお仕事を続けているから、騎士の皆様の前で着替えるだろうし、肌が見えるかもしれないわ。

……そうだわ。内腿！　内腿なら、見えないはずよ！

エステルは身体を起こすと、ジェロームのガウンの裾を持ち上げる。局部が見えないギリギリまでめくりあげた。

ば、場所が場所だけに、ものすごく恥ずかしくなってきたわ。

「エステル？」

「じゃあ、付けるわね」

「えっ！　そんなところに？」

「ここなら見えなくていいんじゃないかしら？　って思って……駄目だった？」

「いや、駄目じゃないよ」

ら。

「よかった」

触れると、硬い感触に驚く。

私のとは全然違うわ！　鍛えているからかしら？　それとも男の人ってみんなこうなのかしら。

ジェロームがしていたのを真似して、チュッと吸い上げる。

「んっ」

これくらい吸えばいいかしら？

唇を離すと、薄っすらとしか痕が付いていない。

吸い方が足りなかったのかしら。

エステルは何度も挑戦するが、なかなか痕が付かない。

「……っ……ン……」

ジェロームが小さく声を漏らしているのにも気付かず、エステルは夢中になって内腿を吸い続け、ようやく満足のいく痕を残すことに成功した。

「あっ……できたわ！　ジェローム様……きゃっ！」

顔を上げると、ジェロームの欲望が大きくなっていて、ガウンを押し上げていたことにようやく気が付いた。

「ジェローム様、そ、その、大きくなって……どうして……」

「エステルが焦らしてくるから、大きくなったんだ」

「焦ら……っ⁉　わ、私、そんなつもりじゃ……」

私が触れたから、興奮した……ってこと？

そういえば、口を使って男性を気持ちよくする方法があると、習ったことがある。

ギャツビーにしなければいけないと思ったら吐き気を催したが、ジェロームにはまったくそうは思わない。

むしろ、してみたい。

私もジェローム様を気持ち良くしたい……！

「あ、あの、ジェローム様……」

「ん？」

「気持ちよくしても……いい？」

自分で言っておきながら、恥ずかしくて顔から火が出そうになる。エステルの顔は林檎《りんご》のように真っ赤になっていた。

「もちろんだよ。もう一回しよう」

ジェロームに組み敷かれそうになり、エステルは慌てて首を左右に振った。

「ち、違うの！　もう一度じゃなくて……あの、わ、私がね。口で……っ……く、口で気持ちよくしたいの！」

ああ、恥ずかしすぎる……！

「エステルが……俺のを……口で？」

まさかそんなことを言われると思っていなかったようで、ジェロームは目を丸くしている。

「え、ええ、嫌じゃなかったら……」

「嫌なんかじゃないよ。嬉しい……けど、エステルは嫌じゃない？」

「え、どうして？」

「そういうのに抵抗がある人もいるみたいだから」

「そんなのないわ」

間髪入れずに答えた。

むしろ、してみたい……！　というのは、さすがに恥ずかしくて言うのを躊躇う。

「……っ……まさか、そんなことを言ってもらえるだなんて思わなかったから、すごく嬉しいよ」

ジェロームはガウンの紐を解くと、前を開いた。大きくなった欲望が露わになり、エステルはゴクリと生唾を呑《の》んだ。

お、大きいわ……。

愛し合う時やさきほどの入浴も含めて何度か見たことがあるが、こんなにまじまじと見るのは初めてだ。

前にも思ったが、こんなにも大きいものが自分の中に収まるなんて不思議だ。

「さ、触っても……いい？」

「ああ、もちろんだよ」

エステルは恐る恐る欲望を手で包み込み、ペロリと舐めてみた。

「ん……っ」

苦くて、少ししょっぱい……なんだか、とっても淫らな味だ。

性教育の授業で習ったことを思い出し、エステルは舌で欲望をなぞった。

難しいわ……。

思ったように舌を動かせずに悪戦苦闘していると、ジェロームが息を乱して、小さく声を漏らしている。

「ん……っ……エステル……気持ち……いいよ……」

「ほ、本当？」

「うん……すごく……小さい舌でチロチロってされるの……とっても気持ちがいいよ……」

ジェローム様が、私で気持ちよくなってくれている……！

それはとても嬉しくて、エステルは再び欲望を舐め始めた。

ジェロームが気持ちよくなってくれるのがわかるたびに、お腹の奥が熱くなる。膣口からは蜜が溢れて、ドロワーズに滲みていく。

私ったら、何も触れられていないのに……。

難しいけれど、舐め続けているうちに少しずつ、本当に少しずつだけど上手く舌を動かせている気がしてきた。

舐めているエステルの髪を撫でてくれるのが心地いい。落ちてきた髪を耳にかけられると、指が耳に触れてゾクゾクする。

舐めているうちに、ジェロームの欲望がますます硬くなってきた。

口の中に入れて吸うのも気持ちよくなれると教えてもらったのを思い出し、咥《くわ》えようとしてみたけれど、大きすぎて先端までしか口の中に入らない。

「ん……ぅ……っ」

「エステル、無理しないで。顎を痛めてしまうから」

ジェロームが腰を引くと、口の中からスポッと抜けてしまう。

「でも、もっと気持ちよくしたいの……ジェローム様がいつも気持ちよくしてくれるから、私もジェローム様を気持ちよくしたいわ」

するとジェロームはエステルを組み敷き、唇を深く奪った。

「ん……っ……んんっ……」

ジェロームの手がナイトドレスの裾から入ってきて、ドロワーズの上から花びらをなぞった。指が動くたびに、クチュクチュ淫らな音が聞こえてくる。

「エステル、濡れているね。俺のを舐めて、興奮してくれたんだ？」

「……っ……だ、だって……ジェローム様が気持ちよくなってくれるの……嬉しくて……ぁんっ……だ、だめ……まだ、気持ちよくしたいわ……っ」

「エステルが気持ちよくしてくれるのはすごく嬉しいんだけど、一緒に気持ちよくなりたくなったんだ。嫌だ？」

嫌なわけがないエステルは、首を左右に振った。

「嫌じゃないわ……でも、約束して？　また気持ちよくさせてくれるって」

「……可愛すぎる」

「えっ？」

「ああ、ごめん。約束するよ」

ジェロームが約束してくれたおかげで、エステルは安心して彼が与えてくれる甘い快感に身を委ねることができたのだった。

◆◇◆

ジェロームと仲直りをしてから一週間ほどしたある日の夜、第一王子のノエが訪ねてきた。ジェロームがエステルを紹介するために、夕食に呼んだのだ。

「エステル嬢、初めまして。ジェロームの親友で、騎士学校の元同室で、第一王子だけど継承権をはく奪されているようなもので、王立騎士団の副団長を務めるノエ・ヴァレットです。いやあ！　お会いできて光栄です！」

「ノエ王子、初めまして。エステル・カヴァリエです」

「あっはっは！　王子であって、王子じゃないようなものだし、気軽にノエって呼んでください」

「いえ、そんなわけには……」

「エステル、ノエに気を使うことはないよ」

「そうそう、あ、オレも気を使わなくていい？　早速だけど、敬語やめていいかな。堅苦しいのは苦手なんだ。肩が凝っちゃうからね」

「は、はい、もちろんです。えっと、では……ノエ様」

「ありがとう。助かるよ。いやーそれにしても、エステル嬢にようやくお会いすることができて嬉しい」

なんだかとっても気さくな方、高慢でプライドが高いギャッツビー王子と血が繋がっているとはとても思えないわ。

「私もとても嬉しいです。今日は私の知らないジェローム様のお話をたくさん聞かせていただきたいです」

「もちろん、昨夜は『エステル嬢にジェロームのあの話を聞いてもらおう』『あ、この話も言おう』って、色々考えていたせいで、目が冴《さ》えてなかなか寝付けなかったんだ」

「まあ！　ふふ」

「おい、格好悪い話はするなよ？」

「わかってるって。とびきり格好悪い話をしてやるから、楽しみにしてろって！　なっ！」

「わかってないじゃないか」

二人のやり取りを見て、エステルはクスクス笑う。

ジェロームが同じ年頃の人と、こんな砕けた話し方をするのを初めて見た。彼の新しい一面を知ることができてとても嬉しい。

　夕食が運ばれてきたが、ノエは食事そっちのけでジェロームの話をしてくれる。

「………それでジェロームは、しょっちゅうエステル嬢の話をするんだよ。エステル嬢は世界で一番可愛いとか、エステル嬢は雷が苦手だとか。それだけ話すからこっちだって、興味を持ってもおかしくないだろ？　あ、もちろん、変な意味じゃなく、親友の家族って、ほら、自分の家族みたいに感じるだろ？　そういう意味な！　それでこっちがエステル嬢のことを聞いたら、『なぜそんなことを聞く？　エステルはお前にやらないからな』って、敵意むき出しにしてきてさ！　いや、そういう意味じゃないって！　って言っても、全然信じてくれなくてさ～！　困った奴だよ。でも、こいつまた我慢できなくなって、エステル嬢の話をするんだよ。おっかしいよな～！」

「まあ！　ふふっ！　でも、私のことを忘れずにいてくれたなんて嬉しいわ」

「忘れるはず……」

「忘れるはずないって！　寝ても冷めてもエステル嬢のこと考えていたよ！」

　ノエはジェロームの言葉を遮り、話を続ける。

「こいつ、寝言でもエステル嬢の名前呼んでたもん。笑いを堪えるのが大変だったよ」

「堪えてなかったじゃないか。お前の大笑いで何度起きたかわからないぞ」

「お前がオレの笑いで起きた回数が、エステル嬢の名前を呼んだ回数ってことだ！」

ジェロームが頬を染め、ばつの悪い顔をするので、エステルはまた笑ってしまう。

「オレたちが仲良くなったキッカケは、エステル嬢に手紙を送る協力をしたことから始まったんだよ」

「えっ！　そうなんですか？」

「アルエ伯爵家の子息のアンリも騎士学校にいて、そいつがオレの友達だったんだ」

「ポリーヌ様のお兄様ですね」

「そうそう。オレが紹介したんだ。こいつ、毎晩机の前で難しい顔していてさ。何か悩みでもあるなら聞いてやろうか？　って言ってやってるのに、余計なお世話だって突っぱねてきてさ。なんか警戒心むき出しの野良猫みたいだな〜と思って放っておけなかったんだ。オレ、猫大好きだしさ」

「誰が猫だ」

「まあ！　ふふっ」

「こいつが何を悩んでいるか、聞きだすまで気が済まない！　こいつと仲良くなってやるよ！と思ってちょっかい出しているうちに、こいつも心を開きはじめたみたいでポツポツ話してくれるようになったんだよ」

「お前がしつこすぎるからだ」

「またまた、そんなこと言って。本当にお前は素直じゃないよな！　んで、これは協力しないわけにいかないだろ⁉　ってことで、アンリも巻き込んでエステル嬢に手紙を送るように手配したってわけだ」

「皆さんの協力があって、私はジェローム様の手紙を受け取ることができたんですね。あの時は心の支えになりましたし、今でも私の宝物です。本当にありがとうございました」

「どういたしまして。それよりも、オレの愚弟のせいで辛い思いをさせてしまったね。本当にすまなかった」

自分は少しも悪くないのに、ノエは頭を深々と下げる。

「ノエ様は悪くありません！　どうかそんなことなさらないでください」

ギャツビーはノエを嫌っていて、彼を避けて生きていた。それどころか嫌がらせをしていたこともエステルは知っている。

それなのに、ギャツビー王子の代わりに謝るなんて……。

「ありがとう。ジェロームから聞いていた通り、エステル嬢は優しい人だな」

「ノエ様こそ……」

「今まで大変な思いをした分、幸せになってな。結婚式、決まったら真っ先に招待状くれよ？　楽しみにしているからな」

優しい方——この方が国王になったら、どんなに素晴らしい治世を築かれることだろう。

ノエと夕食を楽しんだ数日後、ギャツビーが違法薬物使用所持の現行犯で捕縛された。ジェロームが現場を押さえたのだった。

第五章　暗闇に現れた星

カヴァリエ公爵家の嫡男、ジェロームがエステルと初めて出会ったのは、教会で行われた母の葬儀でのことだった。

涙が出ない……。

葬儀を終え、母の埋葬が終わった後、ジェロームは教会に戻って来ていた。葬儀の時と同じように最前列の席に座り、壁に飾られた十字架をぼんやりと見つめる。

神様、俺は心を無くしてしまったのでしょうか。母上はこんな俺を見て、どう思うでしょうか。

ジェロームはカヴァリエ公爵家の後継ぎとして、厳しく育てられた。甘えることは許されず、人前で泣くことなど以《もっ》ての外《ほか》だと教えられ、忠実に守ってきた。

でも、まさか、実の母親の葬儀ですら、涙が出ないとは思わなかった。

どうして涙が出ないいんだろう。

苦しい。辛い。悲しい。

泣きたい。泣けたら、この気持ちが少しは楽になれる気がするのに……。

いつの間にか俯いていると、誰かが目の前に立ったのがわかった。

誰だ……？

顔を上げると、そこには天使のように美しく愛らしい幼い女の子が立っていた。

天使……？

神が使者をよこしたのだろうかと真剣に考えていたら、女の子が手を握ってくる。とても小さな手だ。

「あ……っ」

温かい……人間だったのか。

「おてて、つめたいわ」

珍しいストロベリーブロンドの髪と美しい容姿が相まって、人間じゃないように見えたようだ。

こんな子、参列者にいただろうか。

いや、周りを見ている余裕なんてなかった。黒い上等な喪服に、よく手入れされた身なり、どう見ても貴族の子供だ。

両親とはぐれてしまったのだろうか。

「きみ……」

迷子か聞こうとしたら、ギュッと抱きしめられた。そして小さな手で頭を撫でられた。

「よしよし、だいじょうぶよ。だいじょうぶ」

温かい……。

こうして誰かに頭を撫でてもらえたのは、どれくらいぶりだろうか。

「ぁ……」

気が付くと金色の瞳は濡れ、頬を涙が伝っていた。

「う……ひっく……うわぁぁ……っ」

次から次へと涙が溢れ、ジェロームはようやく泣くことができたのだった。

「よしよし、だいじょうぶよ。よしよし」

その間、彼女はずっとジェロームの頭を撫で続けた。

髪の毛はグシャグシャになっていたが、心地よくて、温かくて、ジェロームは彼女に身を任せる。

どれくらいが経っただろう。ようやく涙が止まったその時――。

「エステルー！　エステル、どこにいるの？」

女性の声が遠くから聞こえてきた。

「あっ！　おかあさまっ！」

エステルー―それが、この子の名前か。

「わたし、もういかなくちゃっ！」

「うん、傍にいてくれてありがとう。じゃあね」

「またねっ！」

エステルは大きく手を振り、教会を出て行った。

ドアから差し込んだ日差しがピンクブロンドに反射し、キラキラ輝いてまるで夜空を照らす一番星のようだ。

エステル〈星〉――彼女にピッタリの名前だ。

泣いた後は、胸の中の苦しさが溶けてなくなったみたいだった。

ありがとう。エステル……。

それからというもの、ジェロームは、エステルのことばかりを考えるようになった。

「ピンクブロンドの髪の女の子？　ああ、コティ男爵家のご息女だ。まるで天使のように美しいと評判だが、それがどうかしたのか？」

「いえ、珍しい髪色だから、誰かと思っただけです」

「そうか」

コティ男爵家のエステル……そうか、有名な子だったんだ。知らなかった。

あの時の出来事を繰り返し、繰り返し思い出し、自分の心に気が付くのは、そう時間がかからなかった。

ああ、俺、あの子のことが好きなんだ……。

年頃になったら、絶対に求婚しよう。あの子に相応しい男にならなくては……。

ジェロームはより勉学や武道に励むようになり、事情を知らない父は「ようやくカヴァリエ公爵家の後継ぎらしくなってきた」と喜んでいた。

しかし、それから数年後、父の再婚が決まった。

「初めまして……エステル・コティ……あっ……えっと、エステルです。どうかよろしくお願いします」

なんてことだ……。

父の再婚相手は、エステルの母だった。

年齢を重ねて成長したエステルは、ますます美しくなり、さらに輝きを増していた。

俺はエステルを義妹じゃなくて、妻にしたいんだ……！　それなのに、どうしてこんなことになってしまったんだ。

妹になったら、結婚できないんじゃと不安になり、ジェロームはすぐに王立図書館で調べることにした。

誰かに聞ければ話が早いが、貴族はゴシップが大好きだ。ジェロームがそんなことを調べていたとわかれば、想像して面白おかしく話す者もいるだろう。

他人の娯楽になるつもりはない。

自力で探した本には、血が繋がっていなければ結婚するのは問題ないことが書かれていた。さらに調べると、過去に義理の兄妹、姉弟という関係で結婚した者が何組もいた。

よかった。俺はエステルと結婚できる……！

安心していたら、またも苦難が襲ってきた。この国の第二王子であるギャツビーが、エステルに目を付けて、彼女を婚約者にしたのだ。

大事にするならまだしも、ギャツビーはエステルにきつく当たった。

ギャツビーがエステルを婚約者に望んだせいで、エステルは父から厳しく育てられることになってしまった。

元男爵令嬢であるエステルが、王妃になった時に苦労しないためだ。

それにしても、父はエステルに厳し過ぎる。

「父上、あんまりです！　エステルのためを想うのはわかりますが、これではエステルが潰れてしまいます……!」

何度改善を願っても、父は聞き入れてくれなかった。

ギャッツビーのせいだ。すべて、あいつの……!

「エステル、お前は本当に間抜けだな」

「も、申し訳ございません……」

「なあ、僕の素敵なところを十個言ってみろよ」

「え? えっと……」

「……なんだよ。即答できないのか? お前は間抜けな上に、頭が悪いな。顔だけのつまらない女!」

しかもギャッツビーは、エステルを大事にしない。

即答できるわけがないだろう。お前の素敵なところなんて存在しないんだからな。

ジェロームは怒りを堪えることができず、陰でギャッツビーに石を投げて頭に命中させた回数は両手じゃ収まらない。

ちなみにどれもジェロームのせいだとは気付かれていない。

間抜けはお前だ。馬鹿王子が……! 消《き》え失せろ!

エステルとギャッツビーを結婚させないためには、どうすればいいだろう。すぐに考え付いたのは、ギャッツビーを失脚させることだった。

そうだ。あいつが王子じゃなくなれば、婚約破棄に持っていけるはずだ。

ジェロームはこの時、ギャッツビーを失脚させる弱みを探し出してやろう。ないのなら、捏造《ねつぞう》してやろうと決意した。

結果、彼は本当に違法薬物に手を出していたので、捏造する手間は省けたのだが……。

人前で泣くことを許されなかったエステルは、夜中に一人部屋で泣いていた。今では涙が出なくなったジェロームだが、昔は彼女と同じく一人隠れて泣いていた。

エステルの気持ちを思うと、胸が張り裂けそうだった。

幼い日の自分と重なる……いや、エステルはそれ以上に辛いはずだ。

実父を亡くして、母親の再婚で新しい生活をすることになり、今度は王子の婚約者にさせられ、厳しい教育を強いられている。

幼い子供に、あんまりじゃないか。

ギャッツビーがエステルを婚約者に望まなければ、エステルはこんな辛い思いをせずに済んだのに。

「エステル、一緒にお茶を飲んでお喋りしない？　お菓子も持ってきたよ」

「でも、こんな時間にお菓子を食べたら、お義父様に叱られてしまいます……」

「内緒にするから大丈夫だよ」

ジェロームはたびたびエステルの部屋を訪れ、彼女を励ました。

初めは警戒していたエステルだったが、徐々に心を開き、ジェロームに笑顔を見せてくれるようになった。

屋敷に来て初めてエステルの笑顔を見た時、ジェロームは嬉しすぎて一睡もできなかった。

エステルを励ましているつもりではあったが、ジェロームにとって好きな子と一緒に過ごせる時間は、あまりにも甘美なご褒美だった。

「ジェローム様とこうして一緒に居られる時が、一番楽しい……」

そう言われた時には、今すぐこの胸の内を聞いてほしくなってしまう。

でも、駄目だ。エステルを困らせてしまう。

ただでさえ大変な彼女の心に、これ以上負担はかけたくない。

近い将来ギャツビーを失脚させ、エステルを解放してみせる。その時まで、何も告げずにいよう。

大丈夫、耐えられる。だって、こうして兄の顔をしていれば、エステルの傍にいられるのだから。

そう思っていたのに……。

「父上、今……何と仰いましたか？」

「騎士学校に入学し、ギャッツビー王子の許しがあるまで、帰ることは許されない。屋敷の出入りやエステルに関わることを禁止する」

ジェロームとエステルが仲睦まじく話している姿を、偶然にもギャッツビーに目撃されていたらしい。

嫉妬したギャッツビーは、エステルからジェロームを遠ざけることにしたのだ。

あの馬鹿王子……許さない。

こうしてジェロームは屋敷を離れ、騎士学校に入学した。

寮は二人部屋で、ジェロームはよりによってギャッツビーの腹違いの兄であるノエと同室になった。

「ジェローム、これからよろしくな！　仲良くしてくれよ」

「……同室だからって、慣れ合うつもりはない」

あの忌々しい馬鹿王子の兄……。

さぞかし愚かな男に違いないと偏見を持っていたが、ノエは気さくで心が広い男で、ギャッツビーとは似ても似つかない男だった。

血が繋がっているとは思えない。

ジェロームにきつく当たられても、ノエはエステルに手紙を送りたい彼に協力してくれた。何年も一緒にいるうちに、同居人から友人、友人から親友へと関係性が変わり、ジェロームは気を許し、ノエにエステルの話をするようになった。

エステルの話をすると胸が温かくなり、そして切なくなる。

「お前、エステル嬢に会いたくないの？」

「わかりきった質問をするな。会いたいに決まっているだろう」

「こっそり抜け出して、屋敷の窓から忍び込むっていうのはどうだ？　お前の運動神経なら問題なくいけるんじゃないか？」

「そんなことが周りに知られてみろ。変な噂を立てられるだろう。俺はどうとでもなるが、エステルが悲しい思いをするのは嫌だ」

「うーん……なんとか会わせてやりたいんだけどなぁ」

俺だって、会いたい……。

エステルと離れてから、数年が経った。

ジェロームは学校を卒業して騎士団に入団し、エステルは社交界デビューを果たしたと聞いた。煌《きら》びやかなドレスに身を包む彼女は、どれだけ綺麗なことだろう。

エステル、一目その姿が見たい……。

我慢が限界に達したジェロームは、ギャッツビーの生誕祭が行われた夜、ホールの窓の外からこっそりと中を覗《のぞ》き込《こ》んだ。

そこには、女神のように美しく成長したエステルが、ギャッツビーの隣に立っていた。

エステル……！

笑顔を浮かべているが、目は笑っていない。

エステルから送られてくる手紙には特に変わりなく、平穏に暮らしていると書いてあった。

しかしその姿を見て、彼女が辛い思いをしているということが伝わってくる。

その姿を一目見た瞬間、胸の中が焼け焦げそうになる。今すぐ抱きしめて、攫《さら》って、何の苦労もなく幸せにしたい――。

しかし、今のジェロームには、何の力もない。ギャッツビーを失脚させられる弱みも探せていない。

このままでは、エステルをギャッツビーから救い出し、妻にすることなど夢のまた夢だ。

ああ、なんて俺は無力なんだ……。

ジェロームは己の無力を感じるたび、エステルを恋しく思うたび、居ても立ってもいられずに剣の鍛錬を積んだ。

その結果、ジェロームは史上最年少で騎士団長の地位を得ることになった。そして就任すると同時に、ギャツビーが違法薬物に手を染めている情報を入手する。

裏を取ろうと動いている最中に、ギャツビーがエステルとの婚約破棄を宣言した。

婚約破棄になったのは、心から嬉しい。だが、ギャツビーの方から破棄するのが許せない。

腸が煮えくり返りそうだ。

お前のせいで、エステルがどれだけ苦労し、苦しんできたと思っているんだ……！

絶対に失脚させてやる。エステルが苦しんできた分、お前をそれ以上に苦しめ、お前の全てを奪ってやる……！

それにギャツビーをたぶらかしたサンドラという女、あの女は昔から気に食わなかったが、やはりエステルにとって害になる者だった。

エステルはサンドラを一番の友人だと言っていたが、ジェロームにはそう見えなかった。

ジェロームは屋敷を訪ねて来たサンドラとの会話を覗《のぞ》き見《み》たことがあり、終始エステルのことを小馬鹿にしていたのを見て以来、彼女に嫌悪感を持っていた。

あの時、エステルから引《ひ》き剥《は》がしておけばよかった……

一国の王子を引き離すのは容易ではないが、伯爵令嬢なら簡単にできたはずなのに、とんだ失態だ。

エステルを傷付ける者は、許さない。あの二人、絶対に地獄を見せてやる……。

◆◇◆

ふわりと甘い香りがする。エステルの香りだ。幼い頃からするあのいい香り——そして次は眉間に違和感を覚える。

なんだ？　眉間を撫でられている？

目を開けると、エステルがジェロームの顔を覗き込んでいた。

「あっ」

エステルは驚いた様子で、眉間に置いていた指を離す。

「ん……エステル、どうしたの？」

「起こしちゃってごめんなさい。眉間に皺が寄っていたから、伸ばしていたの。何か悪い夢を見ていたの？」

ギャツビーの婚約破棄を機に、ジェロームはエステルに求婚した。

王子の元婚約者——王家とのいざこざを嫌って、名家から求婚されることはありえないだろう。

となれば年老いた貴族の後妻か妾に……という話はあるかもしれないが、父がそんなことを許すはずがない。絶対に修道院へ送ると思っていた。

修道院へ送られるか、年老いた貴族の後妻か妾にされるよりは、義兄であるジェロームと結婚する方がまだ良い方だと思うに違いない。

だから求婚を受けてくれるだろうと思っていたが、まさかエステルも自分と同じ気持ちだったとは思わなかった。

昨夜はエステルの部屋で愛し合い、そのまま彼女のベッドで眠り朝を迎えた。

カーテンを開けたらしい。朝日に照らされるエステルは女神のように美しく、昨日の情事の名残りもあって色っぽい。

「エステルと離れ離れになっている時の夢を見たんだ。悪夢だったから、起こしてもらえてよかった」

「私もたまに見るわ」

今日のナイトドレスは白なので、乳首が薄っすら透けて見えている。

昨日たっぷりと指で抓み、撫で転がし、舌でしゃぶったばかりなのに、もう触れたくて仕方がない。

朝ということもあり、ジェロームの欲望はブランケットの中で大きくなっていた。エステルの色気に当てられ、時間が経っても治まりそうにない。

「でもね、そういう時、隣にジェローム様が寝ていると、ホッとするの。ああ、もう離れなくていいんだって安心するのよ」

ああ、なんて愛おしいんだろう。

「俺も起きたらすぐエステルの姿があったから、安心したよ」

ジェロームはエステルに口付けし、深く求める。

「ん……っ……んぅ……」

時折漏らす声が艶っぽくて、愛らしい。もう、止められるはずもなく、ジェロームはナイトドレスの上から、エステルの胸を揉んだ。

「ぁ……っ……ジェローム様……もう……朝、なのに？」

「うん、朝からエステルが欲しい。駄目かな？」

エステルは頬を赤く染め、首を左右に振った。

「駄目じゃないわ……」

可愛い……。

「よかった」

「でも、時間は大丈夫？」

時計を見ると、そこまで時間に余裕はなかった。

「朝食を抜けば平気だよ」

「そんな……身体に悪いわ」

「エステルが、俺の朝食だよ」

心配するエステルのナイトドレスのボタンを外し、彼女を脱がせていく。脱がせやすいように身体を動かしているのがわかって、ますます愛おしくなる。

絹のナイトドレスが滑り落ち、美しい身体が露わになった。

雪のように白い肌、豊かで張りのある胸、淡いピンク色の乳首、華奢《きゃしゃ》な細腰、すらりと伸びた足——その身体のすべてがジェロームの興奮を煽り、昨日散々精を放った欲望が、痛いほどガチガチに硬くなっていくのを感じる。

「見ないで？　明るくて、恥ずかしいわ……」

恥ずかしそうに頬を赤らめるのが可愛くて、今すぐ乱暴に押し倒したくなる。

「それはいくらエステルのお願いでも、聞いてあげられないな。こんなに綺麗なんだ。明るいところでじっくり見たい」

「き、綺麗なんかじゃないわ……」

エステルはよほど恥ずかしいようで、頬どころか耳や身体まで赤くしている。

両手を交差させて胸を隠しているが、大きな胸はそんなことで隠せるわけがない。あちこち

から食み出ていて、ジェロームの興奮をより煽った。

「いや、すごく綺麗だよ。名匠が描いた絵画なんて足元に及ばないぐらいだ」

エステルの手をそっと解くと、豊かな胸がプルリと零れた。あまりに煽情《せんじょう》的な姿で、ジェロームは獲物を目の前にした肉食獣のように喉を鳴らす。

「恥ずかしいわ……」

「可愛い……」

ああ……なんて素晴らしいんだろう。

ミルク色の胸に指を食いこませ、形を変えていく。触れる前から先端はツンと尖っていて、ジェロームは吸い寄せられるように唇で食《は》んだ。

「ぁんっ！　ジェローム……様……」

「エステルの乳首、ピンク色ですごく可愛い。こうやって吸うと、少しだけ赤くなるね」

チュッと吸い上げると、エステルが甘い声を上げ、ビクリと身体を揺らす。

「んんっ……！」

「小さくて可愛いのに、こんなに感じやすいなんて……すごく興奮するよ」

片方の胸の先端を唇と舌で味わい、もう一方を指で可愛がる。舌と指が淫らな動きをするたびに、エステルは誘うような甘い声を唇から零し、ビクビクと身体を揺らした。

「ぁ……っ……んんっ……ジェローム……さ、ま……んんっ……ぁんっ！　気持ち……ぃ……んんっ……」

なんて可愛いんだ。

エステルの仕草、声、甘い香りを嗅いでいると、本能が剥き出しになってしまう。思うがままに彼女を襲えば、怖がらせる……という気持ちが、理性を呼び戻してくれた。しかし、それも糸一本ぐらいしか残っていない。

「エステルが気持ちよくなってくれると、俺も気持ちいい」

「ん……っ……ジェローム様は、何もされていない……のに？」

「ああ、心が気持ちいいんだよ」

エステルが動くと、足元からクチュクチュ聞こえてくる。きっと溢れているのだろう。ジェロームは思わず生唾を呑み込んだ。

「こっちも、もっとよく見せて」

はやる気持ちを抑え、エステルの膝をゆっくりと左右に開いた。

「あっ」

興奮で赤く染まった花びら、小さく愛らしい蕾、誘うように疼く濡れた膣口——ああ、目が離せない。記憶に焼き付けるように、ジェロームはそこを凝視した。

「や……そんなところを……見ては……だめ……」

「エステル、綺麗だよ……ああ……堪らないよ……」

ジェロームは花びらを指で開き、剥き出しにした蕾を夢中になってしゃぶった。

「ひぁ……っ……ぁんっ……だめ……そんな……そこ……ぁっ……ぁっ……そこ、ばかりされたら……っ……ン……お、おかしくなっちゃ……」

舌に伝わってくるプリプリした感触がなんとも堪らない。ずっとこうして舐め転がしていたい。

ヒクヒク収縮を繰り返す膣口に指を入れ、お腹側を撫でてやると、エステルがさらに甘い声をあげる。

可愛がり続けていると、膣道がギュウギュウと強く収縮し始めた。もうすぐ彼女に絶頂が迫っているのだろう。

「ぁんっ……あぁっ……中……も……んんっ……そこ、一緒に……んっ……されたら……っ……き、きちゃう……ぁんっ！　ジェローム様……きちゃっ……あっ……あぁぁっ！」

ジェロームの指を締め付けながら、エステルは快感の頂点に達した。

「エステル、達ったんだね。可愛い……見ているだけで、俺まで達ってしまいそうだよ」

ジェロームはエステルを絶頂へ連れて行く時、今までの人生で一番の達成感と幸福感を覚えていた。

ああ、胸が満たされていく。

膣口から泉のように湧き出る蜜を余すことなくすすり、ジェロームは身体を起こした。

「ジェローム……様……」

潤んだ深緑色の瞳に熱く見つめられると、血が燃えるようだった。

頬は赤く紅潮し、ジェロームの名前を呼ぶ濡れた唇は誘うように、薄っすら開いていた。ミルク色の豊かな胸は、激しい呼吸に上下して揺れ、花びらの間はヒクヒクと疼いている。

愛しい女性の色気漂う姿を目の当たりにし、ギリギリで保っていた理性の糸が、プツリと切れる音が聞こえた。

「エステル、入れるよ……」

「ええ……来て……」

エステルがジェロームの広い背中に手を回し、そっと微笑む。

ジェロームは下履きから大きくなった欲望を取り出すと、彼女の膣道をゆっくりと押し広げていく。

「ん……ぁ……っ……ぁぁ……っ」

初めは押し出されそうなほど狭かったその中が、今では抱きしめてくれるように受け入れてくれるのが嬉しい。

根元まで入れると、肌がゾクゾクと粟立った。エステルの唇にちゅ、ちゅ、と吸い付くたび、膣道が収縮を繰り返す。

許されることなら、ずっとこの中に入っていたい――。

「エステルの中……気持ちいい……よ……こうして入れているだけでも……気持ちよくて……とろけてしまいそうだよ」

中を広げるように左右に揺らすと、エステルが甘い声を上げた。

「ぁ……っ……んんっ……私……も……っ……んっ……でも、入れて……いるだけじゃ……わ、私……っ……ジェロームさまぁ……」

エステルは瞳を潤ませ、自分の弱い場所に当たるように腰を動かす。我慢できないのだろう。普段清純な彼女の淫らな姿を見ることができるのは、自分だけだ。そう思うとゾクゾクして、血が沸騰しそうなほど熱くなる。

「わかっているよ。俺も、ただ入れているだけなんてできないから……」

ジェロームはエステルの唇を深く奪いながら、彼女の中を激しく突き上げ始めた。

「んんっ……ふっ……んんっ……んっ……はぁ……んっ……んんっ……!」

唇にできたわずかな隙間から、エステルの甘い喘ぎ声が漏れる。

突き上げるたびに、肉棒で彼女の蜜を掻《か》き出す淫らな水音が響き、繋《つな》ぎ目からは泡立って白くなった蜜が垂れて、シーツにいやらしい滲みを作っていく。

エステルの中が小刻みに収縮し、まるで中から握られているようだ。気持ちよくて、腰が壊れてしまったみたいに止まらない。

「エステル……気持ち……いいよ……っ……ずっと……こうしていたいな……」

「ぁんっ！　ぁっ……んっ……私も……っ……ずっと……ずっと……こうしていたい……んっ……ぁぁ……っ……幸せ……っ」

「俺もだよ……エステルとこうして愛し合えるなんて……本当に夢みたいだ……」

昔、エステルと離れていた時に、彼女と愛し合うことを想像して何度も自分を慰めた。その時、想像した彼女の身体の感触とは比べ物にならない。

本物のエステルは、あまりに良過ぎる。

唇は柔らかく、胸は柔らかくて張りがあり、身体の中はおかしくなってしまいそうなほどの感触だ。

「エステル……愛しているよ……愛してる……」

何度気持ちを言っても、言い足りない……。

何度も言うのは安っぽくなるか？　と思うこともあるが、どうしても口を突いて出てしまうのだ。

「んんっ……わ、たし……もっ……ジェロームさ、ま……っ……愛してる……っ……愛している……わっ」

息を乱しながらも、一生懸命に気持ちを伝えようとしてくれるエステルが、愛おしくて堪らない。

絶頂が近付いてきて、肌がブルリと粟立った。

エステルの中も激しく収縮を繰り返している。もう間もなく、彼女も快感の頂点へと向かうのだろう。

「エステル……達きそう……かな……？」

わかっているけれど、いつも尋ねる。エステルの口から、直接聞きたいからだ。

「ぁんっ……い、いっちゃ……んっ……ぅ……っ……んんっ……いっちゃう……の……っ……あっ……あっ……」

喘ぎながら答えるエステルを見ると、今すぐに達ってしまいそうになる。ジェロームは腰にギュッと力を入れ、必死に堪えた。

達くなら、エステルと一緒に達きたい。

「俺も達きそうだ……一緒に達こう……」

「ええ……ジェローム様……っ……んっ……一緒が……いぃ……っ」

ジェロームは絶頂に向けて、一際激しくエステルの中を突き上げていく。熱い欲望が膣道から蜜を掻き出し、ジュブジュブと淫らな音を響かせる。

「ぁんっ！　あぁ……っ……ジェローム様……っ……んっ……あっ……ぁっ……も……きちゃっ……あっ……あぁぁぁっ！」

エステルは大きな嬌声を上げ、ジェロームの欲望をギュウギュウに締め付けながら絶頂に達した。

ジェロームを激しい快感が襲い、彼女の中で果ててしまいそうになるが、そういうわけにはいかない。

結婚式を挙げる前に子ができては、エステルもそうだが、子供も周りから嫌なことを言われるかもしれない。

自分は何を言われてもまったく気にしないが、エステルと子供が辛い目に遭うのは絶対に嫌だ。

堪えろ……堪えろ……。

ジェロームは絶頂寸前に引き抜くと、エステルの白いお腹の上に、熱い情熱を勢いよく放った。

ああ、彼女の身体を汚してしまった……。

いつもなら自分の着ているシャツや、手の中に出していたが、今日は中で出さないことで精いっぱいだった。

「エステル、ごめんね……」

「ん……何……が？」

「俺ので汚してしまったよ。気持ち悪いだろう？　今、綺麗に拭くから……」

「気持ち悪くなんてないわ……大好きな……ジェローム様のだもの……」

エステルはお腹に放った情熱を拭こうとしているジェロームの手をギュッと握り、自ら彼の唇に自分の唇を重ねた。

「ああ……エステル、今でさえこんなにキミに夢中なのに、これ以上夢中にさせて俺をどうするつもりなんだ？」

今、情熱を放ったばかりの欲望は、また大きくなりつつあった。エステルもそのことに気が付いたらしい。

「あっ……ジェローム様……じ、時間が……」

「時間はないけど、治まらない……」

「そんな……ぁ……っ」

完全に硬さを取り戻した情熱は、再びエステルの膣道をヌププと押し広げていく。

「あぁんっ……！　や……っ……だ、だめ……入れちゃ……っ……ぁんっ！　い、今、達った……ばかり……で……ぁんっ……あぁっ……！」

「愛しているよ……エステル……」

「も……そんなこと……んっ……言われたら……何でも許しちゃうって……わかってるくせにい……っ……あぁんっ！」

ジェロームは時間ギリギリまでエステルを貪り続け、貪られたエステルは昼を過ぎても起き上がることができなかったのだった。

第六章　全てを失ったサンドラ

どうして⁉　どうしてこんなことになるの⁉

今日は、王城で舞踏会が行われている。

母親の身分が低く、王妃から疎まれていたため、王位継承権をはく奪されていたノエに、王位継承権が返上されることを記念したパーティーだ。

ノエの母親が実はオキザリスから亡命してきた第一王女だったことが判明し、そしてギャッビーが違法薬物の使用所持の罪で王位継承権をはく奪されたため、ノエは王位継承権第一位となった。

こんなことってある？　信じられない……！　こんな風になるってわかっていたら、ギャッビーみたいなプライドばっかり高い男じゃなくて、ノエ王子を誘惑してわたくしの物にしていたわよ！

「ノエ様、おめでとうございます」

「おめでとうございます！　ノエ様」

「ありがとう」

皆からの祝いの言葉を受け、にっこり微笑むノエを見て、ギャッツビーの婚約者だったサンドラ・オランは、唇を噛んだ。

どうして、こうなるの……⁉　わたくしは王子妃になって、次期王妃になるはずだったのに！　それなのに、どうしてこんなことに――。

苛立ちすぎて、血管が切れてしまいそうだ。最近いつもイライラするが、今日は特に腹立たしい。

薬が切れてきたのかしら……。

ギャッツビーに違法薬物を貰い、興味本位で始めた。すぐにやめられると思ったのに、サンドラもどっぷりと夢中になってしまったのだ。

薬を飲んでいるとこれまでにない多幸感で満たされ、空でも飛べるような気持ちになった。

しかし、薬が切れるとイライラしてくる。

最近、薬が切れるのが早くなってきた気がする。いつでもやめられると思っていたのに、今ではこれなしで生活していくなんて考えられない。

でも、ギャッツビーから貰った薬も、もうなくなってしまう。

る手段はない。

どうしたらいいの？

薬の売人も、その後ろにいた組織も、ギャッピーと一緒に捕まった。もうこの薬を手に入れる手段はない。

ジェロームに情報を流さなければよかった。余計なことを言わなければ、今頃ギャッピーはまだ王子でいられたはずだ。

……あら？　でも、ギャッツビ王子が捕まるのは時間の問題で……ううん、ジェロームのせいよ！　全部ジェロームのせいに決まっているわ。わたくしに、あんな酷いことを言って、許せない！

……あら？　酷いことって、なんだったかしら…………そうだわ。二度と来るなって言われたのよ！　わたくしから情報を取るだけ取ってあの態度は何⁉

最近、記憶があいまいなことが増えてきた。これも薬物のせいなのだろうか。

でも、だからって、やめられない……。

すると、エステルとジェロームがやってきた。

「お、ジェローム、エステル嬢、来てくれたのか。ありがとな」

「ああ、おめでとう」

「おめでとうございます。ノエ王子」

「あはは、やだな。いつもみたいに呼んでくれよ」

「えっ！　あ、はい、では……ノエ様」

「うん、その方がずっといい」

ノエと談笑するエステルとジェロームを見ていると、血管が沸騰しそうになる。

わたくしが、こんな思いをしているっていうのに何を幸せそうに笑っているのよ……！

「見ろよ。サンドラ伯爵令嬢だ。ギャツビー王子の元ご婚約者の……」

「お可哀相に……ギャツビー王子があんなことになって、やつれていらっしゃるわ。顔色が悪いもの……」

サンドラを見て、ヒソヒソ話す声が聞こえる。しかし、直接話しかけて来ようという者は誰もいない。

サンドラは令嬢たちには嫌われていたが、男性からは人気があった。

ギャツビーと婚約する前は、よく男性が寄ってきたものだが、今は一人も声をかけてくる者はいなかった。

どうしてわたくしが、こんな思いをしなくてはいけないの⁉

どうしてエステルが、幸せになるの⁉　そこにいるのはあんたじゃなくて、わたくしのはずでしょう⁉

幼い頃から、エステルが気に食わなかった。

いつからだろう。そもそも父親同士が親友で、物心ついた頃にはすでにお互いのことを知っていて、友人になっていた。

初めは純粋に友人と思っていたが、いつの日にかエステルが褒められるのを聞いたら、胸の中に小さなモヤモヤを感じるようになった。

どうして、エステルを褒めるの？　わたくしの方がずっと可愛いし、美人だわ……！

サンドラが確実に勝っていると思ったところは、地位だった。男爵令嬢のエステルよりも、伯爵令嬢の自分の方が上だ。

この順位が逆になるとしたら、エステルが伯爵以上の男性と結婚した時だろう。けれど、男爵令嬢がそれ以上の人間と結婚することは、難しいはずだ。

しかし、エステルは母親の再婚により、公爵令嬢となった。

そう。確実に勝てるものがなくなり、サンドラは血管が切れそうなほど苛立ち、激しい嫉妬を覚えるようになった。

しかもエステルはギャッビーと婚約し、王子の婚約者という地位までも手に入れた。エステルが、憎らしくて、仕方がない。

何の努力もせずにその美貌を手に入れ、たくさんの友人がいて、今度は地位まで？　どれだけ恵まれているのだろう。

どうすれば、エステルに勝てるか――サンドラは、そればかり考えるようになっていた。

ううん、勝てるはずなんてないわ……あいつは次期国王の婚約者なのよ。

女性の中で国一番の地位を手に入れるあいつに、わたくしがどう頑張ったって勝てるはずがない！

では、この気持ちは、どうしたらいいのだろう……。

答えを見つけられずにいたある日のこと、サンドラは王城で行われた舞踏会に出席していた。

「サンドラ嬢、相変わらずお美しい」

「一曲踊って頂けませんか？」

「……結構よ」

ギャツビーの隣に立ち、輝くエステルを見ていると腹が立ち、誰からの誘いを受ける気にはなれなかった。

「エステルの奴、勿体ぶって口付けすらさせてくれないんだ。何が結婚するまではできないだ！　そんなの守ってる奴、誰もいないだろ！　本当に硬くて、見た目しか取り柄のない女だ！」

「ギャツビー王子、どうかお声を小さく……誰かに聞かれては大変です」

「うるさいなっ！　なんで僕がそんな気を使わないといけないんだよ！　僕は次期国王だぞ⁉

周りが気を使っても、僕が気を使う必要なんてない！　そうだろう⁉」

「どうかお気持ちを静めてください……」

外の空気でも吸おうと思って庭に出ると、従者にエステルの愚痴を話しているギャッツビーの姿を見つけ、木の後ろに隠れた。

あの話は、本当だったのね。

以前、エステルにギャッツビーとどこまで進んでいるか聞いた時、彼女は一切していないと言っていた。

そんなはずない。エステルは隠しているだけだと思っていたが、まさか本当だったとは思わなかった。

もしかしたら、これは……付け入ることができるのでは？

サンドラはゴクリと喉を鳴らし、赤い唇を吊り上げた。

ギャッツビー王子を、手に入れる。

エステルに勝つには、これしかないわ……！

「まあ……エステルったら、なんて愚かなのかしら」

サンドラは隠れるのをやめ、ギャッツビーに姿を見せた。従者がサッと前に立ち、ギャッツビーを後ろ手に守る。

「誰だ⁉」

「オラン伯爵家の娘、サンドラと申します。エステルの親友ですわ。ギャッツビー王子」

サンドラはドレスの裾を掴み、後ろ足を下げて挨拶をする。

妖艶に微笑んで見せると、ギャッツビーが彼女を上から下まで眺めてニヤリといやらしい笑みを浮かべた。

「へぇ？」

「やだ、わたくしったら、ご無礼をお許しください。夜風に当たるために庭へ出たら、まさか憧れていたギャッツビー王子の姿を拝見することができるなんて……嬉しくてお声をかけてしまいましたの」

「サンドラか。そういえば、エステルが言っていたな。美人だと言っていたが、ここまでとは思わなかった」

「エステルったら、そんなことを言っていたのですね」

「ちょうど退屈していたところだ。少し一緒に歩くか？」

「まあ！　よろしいのですか？　憧れのギャッツビー王子とご一緒させていただけるなんて、嬉しいですわ」

「大げさだな。だが、可愛いじゃないか。……おい、お前は下がっていろ」

「しかし……」

「邪魔なんだよ。僕の言うことが聞けないのか？」

「……かしこまりました」

ギャッツビーは従者を下がらせると、サンドラに腕を差し出した。彼女はすかさずその腕に手を添え、豊かな胸を押し付けた。

結婚するまで乙女であることにこだわるなんて馬鹿らしいわ。

サンドラはすでに乙女ではない。結婚したら一人としかできないのだから、それまでに色んな男性と身体を重ねて、楽しんでおきたいというのが自論だ。

「随分、積極的だな？」

「なんのことですか？」

「そんなに胸を押し付けておいて、なんのことも何もないだろ？」

「！　わ、わたくし、無意識でした。そんなつもりは、ありませんでしたわ……！　やだ、憧れのギャッツビー王子と歩けるからと舞い上がってしまって……ごめんなさい」

サンドラは慌てた様子で身体を離し、瞳を潤ませた。もちろん、演技だ。胸を押し付けたのもわざとだ。

でも、サンドラは知っている。きっと、この男は積極的な女性は好きじゃない。控え目なエステルのような女性が好きなはずだ。

控え目だけど、自分の欲求を受け入れてくれる。そんな女を演じればいい。

「お前、僕のことが好きなのか？」

「わたくしは……そんな……」

サンドラは迷った様子を見せながら、涙を流して頷いた。

「……っ……わ、忘れてください。親友の婚約者を好きになってしまうなんて……わたくしは、なんて愚かなの……」

「可愛いことを言うじゃないか。エステルに遠慮することなんてない。来いよ」

ギャツビーはサンドラの腰を引き寄せると、その赤い唇を奪った。

かかったわね……。

経験豊富なサンドラの肉体に、経験がないギャツビーはすぐ溺れた。

そしてエステルとの婚約を破棄し、サンドラは目的を達成したが、ギャツビーが違法薬物に手を出しているのは誤算だった。

「なあ、これを使いながらやると、すごく気持ちがいいそうだ。試してみようぜ」

「それはなんですか？」

「ちょっとした薬だ。危なくなんてないから安心しろ」

どうしてあの時、断らなかったのだろう。今では薬なしで生きていくなんて、考えられなくなった。

「エステル嬢、最近、美しさに磨きがかかったな」

「ああ、ギャツビー王子と婚約していた時より、ずっと美しい。きっと幸せなのだろうな。表情を見ているだけでわかる」

周りの声が聞こえてくると、頭の血管が切れそうなほどの怒りを感じる。

それもすべて、エステル……あんたのせいよ。あんたさえいなければ……！

「私、化粧室に行ってくるわね」

「俺も一緒に行くよ」

「一人で大丈夫よ。ジェローム様は、ここで待っていて」

エステルがホールを出て行ったのを見て、サンドラも付いていった。鞄《かばん》の中には、小さなナイフを忍ばせている。

あんたなんて、顔だけじゃない。その自慢の顔を切り刻んで、見るも無残な姿になったら、あんたの周りからは誰もいなくなるはずよ。そうに決まっている。あんたなんて、顔だけが取り柄の人間だもの。

エステルが痛み苦しむ姿を想像したら、胸がスッとするのと同時に、モヤモヤとした感情が湧き上がってくる。

この気持ちは、何……？

でも、そこまでするのは……ううん、エステルがいけないのよ。だって、わたくしの人生を取り返しがつかないぐらい壊したのですもの。

サンドラはエステルに気付かれないように彼女の跡を付け、彼女が化粧室に入ったのを見届けると扉の前に立つ。

ドクン、ドクン、と心臓の音が大きくなっていく。

エステル、これであんたは終わりよ……！

鞄からナイフを取り出し、扉を開けるとエステルと目が合った。誤算だったのは、他の令嬢たちが居たことだ。

「サンドラ……？」

「え……っ……きゃあっ！　ナイフを持っているわ！」

「いや！　助けて……っ！」

しまった……。

秘密裡《ひみつり》にやるつもりだったのに、どうして確認を疎かにしてしまったのだろう。

薬のせいで、サンドラの思考は上手く働かずにいた。単純なことも考えつかない。彼女はそこまで来ていた。

「……っ」

ここまできたら、引き下がれないわ……！

「エステル、あんたから、全てを奪ってやるわ……っ！」

ナイフを持って走り出そうとしたその時、その手に痛みが走った。

「痛っ！　な……っ」

気が付くとサンドラは後ろ手をひねられ、痛みでナイフを落とした。

「やはり、エステルに危害を加えようとしたか」

サンドラの手をひねったのは、ジェロームだった。令嬢たちの悲鳴で、護衛の騎士たちも集まってくる。

「痛い……っ！　離し……っ……きゃあっ！」

抵抗しようとしたら、地面に身体を押し付けられた。地面にうつ伏せにさせられるサンドラをエステルは口元を押さえて見ている。

「サンドラ……」

サンドラには、それが見下されているように感じて、頭にカッと血が上った。

「見下してんじゃないわよ！　あんたが……あんたなんかが、わたくしを見下すなんて許さない……っ！　許さないんだからぁぁぁっ！」

絶叫しながら大暴れすると、胸元に隠していた違法薬物が入った包みが落ちた。

「あ……っ！」

最後の薬！　これがないと、おかしくなってしまう。

サンドラが押さえられていない方の手を伸ばすが、それよりも早くジェロームが包みを拾い上げる。

「これはなんだ？」

「か、返して……っ……それは……そう、持病……！　持病の薬よ！」

「持病の薬か。それならば、詳しく調べても問題ないな？」

問題ないわけがない。それに薬がないと、おかしくなってしまう。

「返して！　それはわたくしのよ！　返して！　泥棒！　わたくしの……っ……返せ……っ……返せぇぇぇ……っ！」

サンドラの要求が通るわけもなく、彼女はエステルを傷付けようとした罪で捕まり、後日違法薬物を所持していた罪も加えられ、法の下裁かれたのだった。

ギャツビーに続き、サンドラも捕まったことで、社交界は騒然となった。

第七章　結婚記念日には、情熱的なキスを

「マルクは今頃、どうしているかしら。いい子にしているといいのだけど……」

「あの子は父上と義母上が大好きだから、きっと大丈夫だよ。見送ってくれた時も『早く行っておいでよ』って言っていたし」

「ふふ、そうね。もう、私ったら、あの子のことばかり考えてしまって……」

「それは俺もそうだよ。だって、愛する我が子のことだからね」

「お土産、たくさん買いましょうね」

「ああ、両手に抱えきれないぐらい買おう」

エステルとジェロームは、結婚式を挙げて間もなく新しい命を授かった。

本来は新婚旅行に出発する予定だったが、エステルはつわりも酷く、子供を身籠ったまま乗り物に乗るのはよくないということで延期としたのだ。

そうして十カ月後には元気な男の子が誕生し、名はマルクと名付けた。

乳母も雇っているが、マルクの傍に居てあげたいと、新婚旅行を延期して彼を育ててきたのだった。

そのことを知ったマルクが行って来てほしいと自ら言ってくれたので、二人は後ろ髪を引かれながらも、三年遅れの新婚旅行へ来ている。

クレマチス国——南にある国で、観光業が盛んだ。

年中通して温かいので、いつでも海遊びを楽しむことができる。そして、内陸のルピナス国では食べることができない、生の魚介類を食べられることで有名だ。

「なんて綺麗なのかしら……」

「本当だね。エステルとこんな素晴らしい場所に来ることができるなんて……本当に夢のようだよ」

透き通る青い海に白い砂浜は幻想的で、物語の中に出てくるような景色だ。ジェロームはレースの日傘を持ち、エステルに日が当たらないようにしている。

自分で持てるから大丈夫だと言っても、ジェロームは自分が持ちたいと譲ってくれない。

そういう優しいところが、大好き……。

砂がサラサラすぎて、靴の中に入ってくる。何度取り除いても入ってくるので、二人は靴を脱いで歩くことにした。

砂が足の指の間をサラサラ通っていくのが心地いい。

「砂の上を素足で歩くなんて初めて。なんだか悪いことをしている気がして楽しいわ」

「俺もだよ。すごく気持ちがいいね」

「ええ、本当に。なんだか癖になってしまいそうだわ」

あれから、もう三年が経つのね……。

ギャツビーとサンドラが使用していた違法薬物は、二人に恐ろしい後遺症をもたらした。

離塔の最上階に幽閉されたギャツビーは、毎日幻覚と幻聴に悩まされ、窓から飛び降りようとするので、常に両手足を拘束されている。

修道院へ送られたサンドラも、ギャツビーと同様の症状に襲われて暴れ出すため、鉄格子の付いた部屋に閉じ込められているそうだ。

時々、自分が嫌われていると気付かないまま、サンドラと楽しい時間を過ごしていた時のことを思い出す。

あの時は、こんなことになるとは思わなかった……。

もし、サンドラに嫌われずにいたら、私たちはたまに会ってお茶をしたり、どこかへ出かけたりしていたのかしら。

薬の後遺症に苦しみながら、サンドラは今、何を考えているのだろう。

さざ波の音を聞いていると、なんだか頭がぼんやりしてきて、色んなことを思い出し、想像してしまう。

「エステル？」

ジェロームに呼ばれ、エステルはハッと我に返った。

「あっ……なぁに？」

「ぼんやりしているから、どうしたのかな？　と思って……」

「ううん、何でもないの」

エステルは首を左右に振ることで、過去の気持ちを払った。

「日差しが強くなってきた。日傘をしていても、暑いね。気温が上がってきたみたいだし、一度ホテルに戻ろうか」

「ええ、そうね。戻りましょうか」

二人は来た道を引き返してホテルへ帰り、冷たいアップルティーを楽しんだ。

エステルが「寒くなってきた」と言ったことがきっかけとなり、甘い時間が始まった。

まだ日が高いにも関わらず、二人は生まれたままの姿になり、ベッドで身体を重ね合っていた。

お互い何度も絶頂に達し、エステルの膣口からは呑みきれない情熱の証が溢れ、シーツに淫らな染みを作っている。

長い時間海風を受けていたから、潮で少し身体がベタベタする。それでも入浴してから……とは思わなかった。

まるで明日で世界が終わるように、二人はお互いを激しく求め合う。

ジェロームはエステルを組み敷き、興奮でうねりかえる膣道を熱くなった欲望で突き上げていた。

彼女はもうすでに何度も達していて、繋がっている場所は泉のように蜜が溢れている。

「ぁ……っ……んっ……ぁんっ！　んっ……あぁ……っ……んっ……んっ……ジェローム様……また、私……きて……あっ……んんっ……」

「俺も……そろそろ……達きそうだ……一緒に達こうか……」

「ん……っ……一緒に……」

冷えた身体は湯気が出そうなくらいに熱くなり、全身には汗がにじんでいる。二人は同時に達し、ジェロームは欲望を引き抜くとエステルの隣に寝転んだ。

「エステル、寒くなくなった？」

「ん……寒くないわ……温かい……」

「ふふ、俺もだよ」

「でも、明るいうちから、こんなことをするなんて……なんだか少し、悪いことをしている気になるわ」

「悪いことは嫌い？」

エステルは身体を起こすと、ジェロームの上に寝転んだ。豊かな胸は、ジェロームの逞しい胸板で潰れ、形を変える。

成長期は終えたはずなのに、ジェロームと愛し合うようになってから、エステルの胸はさらに大きくなっていた。

「ジェローム様とすることは、なんだって好きだわ」

「そんな風に誘われたら、また触れたくなってしまうよ」

大きな手が、エステルの双丘に触れた。

左右に揺らすように揉まれると、何度も情熱を注がれた膣口が引っ張られ、二人の混じり合った淫らな証がコプリと溢れてくる。

「ん……っ……こんなに……したのに……？」

そう尋ねながらも、エステルの心と身体は、ジェロームを受け入れることを喜んでいた。

「俺は欲張りなんだ。何度しても、足りないよ……」

ジェロームはエステルの腰を浮かせると、蜜と欲望で溢れた膣口に大きくなった欲望を宛が

う。

「ぁ……んん……っ」

濡れた膣道は、あっという間に欲望を呑み込んだ。下から突き上げられると、ぐちゅ、ぐぷっと淫らな音が響くのと同時に、甘い快感が訪れる。

「んっ……ぁんっ……気持ち……ぃ……っ……ジェローム……さま……」

「ふふ、すごい音……こんなにしてたら、二人目ができるかもしれないね。マルクへのお土産は弟か妹かな」

「も……っ……ジェローム様ったら……ぁ……っ……んんっ……ぁんっ！」

マルクへのお土産に、弟か妹が加わるのかがわかるのは、もう間もなくのことだ。

エステルとジェロームは新婚旅行中、予定していた観光の予定はそっちのけで、お互いを求め続けたのだった。

あとがき

こんにちは！　七福さゆりです。

このたびは、「理不尽に婚約破棄された令嬢は初恋の公爵令息に溺愛される」をお手に取っていただき、ありがとうございました！

本作はいかがでしたでしょうか？　お楽しみいただけましたでしょうか？　そうだったら嬉しいです！

イラストをご担当してくださったのは、すがはらりゅう先生です。

私の進行がかなり遅れてしまったせいで、ご迷惑をおかけして申し訳ございませんでした……！　そんな中、美しいイラストの数々をありがとうございました！

幼いエステルとジェロームの一枚が、特に大好きです！　とっても可愛かったです！

本編で書いていて特に好きだなと思ったのは、主役たち以外ではノエでした。暗い過去がありながら、明るく振舞うキャラが好きです！

本編中では出す必要がないので何も書きませんでしたが、彼はとても大変な人生を歩んできました。

生まれてすぐにオキザリス国の亡命した王女である母親は、王妃に睨まれて国境近くの村に飛ばされ、ノエと会うことを禁じられてしまいました。

一方ノエは、王妃やギャッツビーの機嫌を損ねるたびに、ノエの行いが悪ければ母親が酷い目に遭うと脅されながら生活してきました。

悲しい顔をすると、鬱陶しい。嫌味のつもりか？　可哀相だと思われたいのか？　などと言われるのが嫌で、どうしたらいいか……と考えた結果が、とびぬけて明るく振舞うことでした。明るく振舞うと、周りもつられて笑ったり、戦意を削ぐことができると気が付いたノエは、以来ずっとそうして過ごしてきたというわけです。

ジェロームにはその技が効かなかったので、面白がって絡んでいました。同室ですし、気まずくなりたくないという気持ちもありました。絡んでいくうちに誰よりも気が合うようになり、親友になれたのでした。

彼が主役の話をいつか書いてみたいです。

きっと恋人には本当の顔を見せるんだろうなって思います。普段強く明るい人が、弱みを見せるところ……グッときます！

ジェロームとは親友になれましたが、やはりどこかで心の壁を作っていると思うので、本当の自分を見せるのは、やっぱり恋人だと思うのです。

今まで大変な人生を送ってきた分、楽しい人生を送って欲しいですね。彼の恋人は真にとびぬけて明るい人だと思います。

……か、書きたいーーっ！（笑）

エステルの家族はギャツビーに振り回され、酷い目に遭わされましたが、孫も生まれて幸せな日々を送ることでしょう。

今は領地に引っ込んで行った両親たちですが、孫の誕生と共にちょくちょく王都に出てきています。

父親は持病持ちですが、孫パワーで病状が良くなり、ひ孫まで見れるんじゃないか⁉って勢いで長生きできるはずです。

さてさて、最後に近況報告をして、終わりにしたいと思います。

毎度あとがきで書いているので、ご存知の読者様もいらっしゃると思うのですが、私には二匹の愛犬がいまして（名前はもっちゃんさんと大ちゃんです）今年で十五歳になったのですが、高齢になると色々病気が出てきましてね〜！　この本の作業中は、大ちゃんが入院しておりました。

病院さんのご厚意で、一日二回、一回に付き一時間、計二時間もお見舞いをさせてくださいまして！（かなり回数が多く、時間も長いです）毎日せっせと病院に行っておりました。

動物ってお見舞いに行くと、早く治るんですって！　そういうデータがちゃんと出ているみたいで、精神的な力って本当に大きいんだなって思いました。

そして、お見舞いパワーで早く治そうとする動物たち、愛おしい……！

うちの大ちゃんも初めはぐったりしていましたが、日に日に回復して、「自分も帰る！」と意思表示できるようになって嬉しかったです。

退院しても別の病気にかかってしまい、現在も通院中で介護が必要な状態ですが、やっぱり傍にいてくれると嬉しいですね。

うちの犬たちはかなり病気をする方なので、そういった面もあり、犬たちと暮らしていると、当たり前の日常は、決して当たり前ではない。とても貴重なものだということを改めて自覚させられます。

こうして本を出させていただき、皆様に見ていただけることは、奇跡に近いことだと思います。感謝しています。本当にありがとうございます！

この奇跡が続いて、また、次も皆様にお会いできますように！　それでは、失礼致します。

七福さゆりでした。

七福さゆり

Mitsuneko Label

蜜猫文庫をお買い上げいただきありがとうございます。
この作品を読んでのご意見・ご感想をお聞かせください。
あて先は下記の通りです。

〒102-0075 東京都千代田区三番町8番地1三番町東急ビル6F
(株)竹書房　蜜猫文庫編集部
七福さゆり先生 / すがはらりゅう先生

理不尽に婚約破棄された令嬢は初恋の公爵令息に溺愛される

2024年4月29日　初版第1刷発行

著　者　七福さゆり　
発行所　株式会社竹書房
〒102-0075
東京都千代田区三番町8番地1三番町東急ビル6F
email : info@takeshobo.co.jp
https://www.takeshobo.co.jp
デザイン　antenna
印刷所　中央精版印刷株式会社

破滅ルート回避のため婚約破棄したい
悪役令嬢ですが
王太子殿下の溺愛がMAXです！
別れたいのに婚約者に執着されてます!?
七福さゆり
Illustration なおやみか
俺はキミじゃないと駄目なんだ
自分が乙女ゲームの悪役令嬢に転生していることに気づいたシルヴィは破滅の未来を避けようと行動を始める。迷惑をかけた皆に謝り、婚約者の王太子リオネルには婚約破棄してもらうように頼むが、リオネルは別れるどころかむしろ迫ってくるように。「キミはいつも俺から逃げようとするね」シルヴィに媚薬入りのチョコを食べさせて蕩かし熱く抱くリオネル。最推しの彼に求められて嬉しいがリオネルは聖女と恋に落ちるはずで!?
蜜猫F文庫

不遇な伯爵令嬢は
雨の日に運命と出会い溺愛される
七福さゆり
Illustration KRN
辛い記憶が思い出せないぐらい
幸せにしてみせる
伯爵令嬢メロディは継母と異母妹に睨まれ、実父にも見捨てられ使用人以下の扱いを受けていた。ある日耐えきれず屋敷を逃げ出した彼女は教会で第一王子エクトルと出会う。彼はメロディを知っていたようだった。彼の持つ不思議なブローチに運命の伴侶だと選ばれ王宮に連れ帰られるメロディ。「そんなに煽られたら自分が抑えられなくなる」エクトルに溺愛され美しく花開く彼女だが、異母妹がなお姉を害そうと陰謀を巡らせていて⁉
蜜猫文庫

日車メレ
Illustration 如月 瑞

君が悪女じゃないなんて

初夜の寝室で残虐皇子（偽）に困惑されました結果、メチャクチャ溺愛されてます

たった十日しか紳士でいられなかったが、獣の己を認めよう

父の死後、継母と妹に悪女という噂をたてられていたアデラインは皇太子から残虐皇子と呼ばれる第二皇子フレデリックとの結婚を命じられる。似合わぬ化粧とドレスで嫁がされたアデラインにフレデリックは冷淡に接するが初夜の床で彼女が処女だと気付き驚愕する。共に悪評は作られたものだった。「すまない、もっと優しくしてやりたいのに」お互いを知るうちに惹かれあう二人だがフレデリックを慕う公爵令嬢が接近してきて⁉

蜜猫文庫